文学常识丛书

诗中雨

翟民　主编

黄河出版传媒集团
阳 光 出 版 社

图书在版编目（CIP）数据

诗中雨 / 翟民主编. —— 银川：阳光出版社，
2016.6（2020.12重印）
（文学常识丛书）
ISBN 978-7-5525-2764-3

Ⅰ.①诗… Ⅱ.①翟… Ⅲ.①古典诗歌 – 诗歌欣赏 –
中国 – 青少年读物 Ⅳ.①I207.2–49

中国版本图书馆CIP数据核字(2016)第170136号

文学常识丛书 诗中雨　　　　　　　　　　翟民　主编

责任编辑　陈建琼
封面设计　民谐文化
责任印制　岳建宁

黄河出版传媒集团
阳　光　出　版　社　出版发行

出 版 人　薛文斌
地　　址　宁夏银川市北京东路139号出版大厦（750001）
网　　址　http：//www.ygchbs.com
网上书店　http：//www.shop129132959.taobao.com
电子信箱　yangguangchubanshe@163.com
邮购电话　0951-5047283
经　　销　全国新华书店
印刷装订　河北燕龙印刷有限公司
印刷委托书号　（宁）0019170

开　　本　710 mm×1000 mm　1/16
印　　张　12
字　　数　132千字
版　　次　2016年11月第1版
印　　次　2021年1月第2次印刷
书　　号　ISBN 978-7-5525-2764-3
定　　价　36.00元

前　言

　　源远流长的中华五千年文化,滋养着生生不息的中华民族。那些饱含圣贤宗师心血的诗歌、散文,历经了发展和不断地丰富,融入了中华民族的血脉,铸就了中华民族的脊梁,毋庸置疑地成为宝贵的文化遗产、永恒的精神食粮、灿烂的智慧结晶。然而受课时篇幅所限,能够收入到中小学教科书的经典作品必定是极少数。为此,我们精心编辑了这一套集古代经典诗歌分类赏析、古代经典散文分类赏析为一体的《文学常识丛书》。

　　本套丛书包括:古代经典诗歌分类赏析共十册——《诗中水》《诗中情》《诗中花》《诗中鸟》《诗中雨》《诗中雪》《诗中山》《诗中日》《诗中月》《诗中酒》;古代经典散文分类赏析共十册——《物华风清》《人和政通》《诙谐闲趣》《情规义劝》《谈古喻今》《修身养性》《奇谋韬略》《群雄争锋》《逝者如斯》《天下为公》。

　　读古诗,我们会发现诗人都有这样一个特征——托物言志。如用“大鹏展翅”“泰山绝顶”来抒发自己对远大抱负的追求,用“梅兰竹菊”“苍松劲柏”来表达自己对崇高品格的追慕;用“青鸟红豆”“鸿雁传书”寄托相思,用“阳关柳色”“长亭古道”排解离愁,用“浮云”来感慨人生无常、天涯漂泊,用“流水”来喟叹时光易逝、岁月更替,用“子规”反映哀怨,用“明月”象征思念……总之,对这些本没有思想感情的自然物,古代诗人赋予它们以独特的寓意,使之成为古诗中绚丽多彩的意象。正是这些意象为古诗增添了无穷的魅力。

　　古典散文同样也散发着艺术的光辉,但更引人瞩目的是它所蕴含的思想精华,或纵论古今,或志异传奇,或微言大义,或以小见大,读后不禁让我们对古人睿智的思想和优美的文笔赞叹不已。

希望能通过这套丛书,使广大中学生对祖国光辉灿烂的文化遗产有一个更深刻的认识。

编者

目　录

作品简介

　　《诗经》是中国第一部诗歌总集。它汇集了从西周初年到春秋中叶，也就是公元前 1100 年到公元前 600 年，约 500 多年间的诗歌 305 篇。

　　《诗经》在先秦叫作《诗》，或者取诗的数目整数叫《诗三百》，本来只是一本诗集。但是，从汉代起，儒家学者把《诗》当作经典，尊称为《诗经》，列入"五经"之首。《诗经》中的诗当初都是配乐的歌词，按当初所配乐曲的性质，分成风、雅、颂三类。

　　《诗经》在中国以至世界文化史上都占有重要的地位，对后代文学影响浪大。

风 雨

风雨凄凄①，

鸡鸣喈喈②。

既见君子③，

云胡不夷④！

风雨潇潇⑤，

鸡鸣胶胶⑥。

既见君子，

云胡不瘳⑦！

风雨如晦⑧，

鸡鸣不已⑨。

既见君子，

云胡不喜！

注 释

①凄凄：寒凉之意。

②喈：古读如"饥"。喈喈，鸡鸣声。

③君子：女子对他的爱人之称。

④云：发语词。胡：何。夷：平。"云胡不夷"就是说还有什么不平呢？
意思是心境由忧思起伏变为平静。

⑤潇潇：急骤也。

⑥胶：古读如"鸠"。胶胶，鸡鸣声。

⑦瘳（音抽）：病愈。意思是原先抑郁苦闷，像患病似的，现在却霍然
而愈。

⑧如晦：昏暗如夜。

⑨已：止。

赏 析

这是一首爱情诗。运用景物描写渲染情绪，是它的特点。全诗三章十
二句，每章开头两句都是写景。在这个风雨交加、天色昏暗、群鸡乱叫的时
候，这位女子正在思念她的"君子"。那飘零的风雨宛如她纷乱的思绪，那
晦暗的天色就像是她惨淡的心境，而那杂乱的鸡叫更增添了心头的烦闷
……正在这时候，她的"君子"来到了。这怎能不令她欣喜万分呢？见到
"君子"，烦躁的心境一变而平静了；见到"君子"，就像重病霍然而愈了。先
前是那么抑郁苦闷，后来是那么的欢喜！这富于戏剧性的变化，生动地表
现了热恋中的感情起伏。

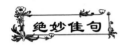
绝妙佳句

风雨凄凄

风雨潇潇

风雨如晦

文学常识丛书

作者简介

　　曹丕(公元187—公元226年)，即魏文帝。字子桓，他是曹操之妻卞氏所生长子。少有逸才，广泛阅读古今经传、诸子百家之书，年仅8岁，即能为文，又善骑射、好击剑。曹丕今存诗歌较完整的约40首。曹丕著作，皆已散佚。

黎 阳 作

殷殷①其雷，濛濛其雨。

我徒我车，涉此艰阻。

遵彼洹②湄，言刈其楚③。

班④之中路，涂潦⑤是御。

辚辚⑥大车，载低载昂。

嗷嗷⑦仆夫，载仆载僵。

蒙涂冒雨，沾衣濡裳。

注　释

①殷殷:象声叠词,形容雷鸣之声。

②洹:指洹水,在今河南北境。

③楚:荆属灌木,又名牡荆。

④班:铺开。

⑤潦:雨后的积水。

⑥辚辚:象声叠词,形容车行时发出的声音。

⑦嗷嗷:哀鸣声,《诗经·小雅·鸿雁》中有"鸿雁于飞,哀鸣嗷嗷。"在此处用以形容赶车人(仆夫)的叫苦连天声。

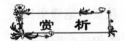

赏　析

　　根据曹丕《黎阳作三首》所写的"朝发邺城,夕宿韩陵""行行到黎阳"等内容看,此诗乃由邺城(今河北临漳西南)出征途经黎阳(今河南浚县)时作。诗之一云:"在昔周武,爰暨公旦,载主南征,救民涂炭。彼此一时,唯天所赞。"俨然以周公自比,可见此诗应是曹操死后、曹丕继立为魏王而尚未受禅时所作,时为汉延康元年(魏黄初元年,220年)。

　　本诗写行军途中的艰难状况。首二句以"殷殷"像雷之声,"濛濛"状雨之貌。《诗经·召南》有《殷其雷》篇,司马相如《长门赋》亦有"雷殷殷而响起兮"句;《诗经·邠风·东山》有"零雨其濛"句,《说文》:"微雨曰濛濛。"这里袭用之以点明雷声隆隆、细雨绵绵的久雨不断的恶劣天气环境。开门见山,笔墨经济。两句是全诗的基础,下文的一切描写皆由此而产生。"我徒我车,涉此艰阻",点明时在行军途中。上句连用两"我"字,其对士卒的感情可知;下句着一"此"字,也可从中得知诗人正在军列之中,是目睹这场艰难跋涉的。这两句写法貌似直拙,其中却大有可细味之处。

诗中雨

接下来,诗从各个方面对"涉此艰阻"作具体描绘,给读者展示了一幅雨中行军图。先是写路途之难行。洹水,在今河南北境,《水经注》:"洹水东北流,经邺城南。"从邺城出发,应经由洹水,"遵彼洹湄",是说大军沿着洹河的河岸前进?"言刈其楚",则写军队前进时的行动,句袭用《诗经·周南·汉广》"翘翘错薪,言刈其楚"的成句,"楚",荆属灌木,又名牡荆。行军为何要割楚?下文说明原来士卒们是用荆条铺在路上,垫平雨水积聚的泥泞道路,以便使人车顺利通过。班,铺开;潦,雨后的积水。行军时的艰难,由这个细节,得到了生动的体现。再往下是写行军中的人流车队。先以两句写车,"辚辚",为车行时发出的声音,写听觉;"载低载昂",又转写视觉,描绘在高低不平而又泥泞难行的路途上大车忽上忽下颠簸前进的情形。"嗷嗷",哀鸣声,《诗经·小雅·鸿雁》有"鸿雁于飞,哀鸣嗷嗷"句,此用以形容赶车人(仆夫)的叫苦连天声,写的又是听觉;"载仆载僵",笔锋仍回到视觉上,描写道路上跌倒和僵卧的士卒遍地都是,一派惨相。此四句通过视觉和听觉的反复转换,淋漓尽致地表现了行军环境的艰苦和征人的苦难,富有感染力。结尾两句补足上文,以衣裳尽湿、雨水淋漓的战士的冒雨行军结束全诗,表现了对士兵的同情。王夫之《古诗评选》说此诗:"伤悲之心,慰劳之旨,皆寄文句之外。"可谓中的。

本诗在叠词的运用上相当成功,特别是"殷殷""辚辚""嗷嗷"等象声叠词的运用,既生动形象又富有音乐美。王夫之说此诗"一以音响写之,此公子者,岂不允为诗圣。"对此种手法给予了极高的评价。

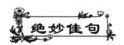

殷殷其雷,濛濛其雨。

蒙涂冒雨,沾衣濡裳。

作者简介

　　曹植(公元192—公元232年),字子建,曹丕同母弟,曾封陈王,死谥思,故世称"陈思王"。少聪敏,有才华,很受曹操宠爱,一度想立为太子。曹丕即位后,对他甚是猜忌,多方迫害,不得参预政事。最后郁郁而死。年仅41岁。他是建安时期成就最高的文学家,诗风华美,骨气奇高。散文和辞赋亦清丽流畅。今有《曹子建集》传世。

赠丁仪

初秋凉气发，庭树微销落。

凝霜依玉除①，清风飘飞阁②。

朝云不归山，霖雨成川泽③。

黍稷委畴陇④，农夫安所获。

在贵多忘贱，为恩谁能博？

狐白⑤足御冬，焉念无衣客。

思慕延陵子⑥，宝剑非所惜。

子其宁尔心⑦，亲交义不薄。

注 释

①玉除：玉石的殿阶。

②飞阁：带有飞檐的楼阁。

③朝云两句：古人不知云雨的成因，以为云是从山石中生出来的，因而这里怨它"不归山"，而造成了"霖雨成川泽"的灾害。霖，连下三日以上的雨叫霖。

④委：抛弃。畴陇：田亩。

⑤狐白：指狐白裘，名贵的轻暖之物，贵者所服。《晏子春秋》曾说，在一个大风雪的日子里，齐景公穿着狐白裘坐在高堂上，说："奇怪呀，雪下了三天而气候一点不冷！"晏婴说："我听说古代的贤君，自己吃饱的时候能知道还有别人在挨饿；自己穿暖的时候能知道还有别人在受冻。很抱歉，您却不知道这些。"作者在这里引用晏婴批评齐景公的故事，指责现时的统治者们"在贵多忘贱"。

⑥延陵子：即吴公子季札，春秋末期人。据说有一次他要出使晋国，出国前去看徐君，徐君很喜欢季札身上的佩剑，心里想要但未出口。季札明白他的心思，自己心里也决定给他，但由于自己出使不能没有佩剑，所以当时也就没有说。等到出使回来后，季札去给徐君送剑，徐君已经死了，于是季札便把宝剑挂在了徐君墓前的树上，痛哭而去。作者引用这个故事的意思是说，自己是倾慕延陵季子的为人的，自己在援助、馈赠朋友上，绝不会有什么保留。

⑦宁尔心：如同说你就安心地等着吧。曹植的《赠丁仪王粲》诗中有"丁生怨在朝，王子欢所营"。知丁仪平时的牢骚不少，所以这里劝他"宁心"。

诗中雨

11

赏析

　　此诗的格调悲怆慷慨，感情诚挚，甚合钟嵘评曹植诗所说的"情兼雅怨，体被质文"的话，全诗的上八句与下八句似分为两层意思：一写自然景观，一为抒情议论。然仔细寻绎，可见其中脉络，形似散而神实一，由写景而及天灾，由天灾而引出贵而忘贱的世情，最后安慰朋友，点明题义，这种章法上的自然流衍也是汉魏诗歌特有的风格，其中似无明确的布局与绾合，却于散逸中见章法，于天然中不失匠心。

　　此诗前半的写景，颇能抓住初秋的景物特征，没有过于纤细的描摹，而从大处落墨。一句一景，不像后来写景的诗歌数句才构成一幅画面，而曹植的写景确是难以用图画来表现的，它充分体现了语言艺术的优势与诗歌的高度浓缩能力，如写雨说："朝云不归山，霖雨成川泽"，即通过诗人的想象力和文字的概括力来展现千里苦雨、农田受灾的景象，这也是汉魏诗中写景气象宏大、自然流美，而不同于后代的特征之体现。

　　此诗表达了曹植对朋友的一片真情，其实，在曹丕执政以后，他自己也时时感到政治形势的严峻，而这里他强作旷达以宽慰挚友。

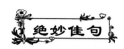

　　朝云不归山，霖雨成川泽。

作者简介

陶渊明(公元 365—公元 427 年),东晋诗人。字元亮,曾更名潜,浔阳柴桑(今江西九江西南)人。陶渊明是中国文学史上有名的田园诗人。

连雨①独饮

运②生③会④归尽⑤,终古⑥谓之然。

世间有松⑦乔⑧,于今定何间⑨?

故老⑩赠余酒,乃⑪言饮得仙⑫;

试酌⑬百情⑭远⑮,重觞⑯忽忘天⑰。

天岂去此⑱哉? 任真⑲无所先⑳。

云鹤㉑有奇翼,八表㉒须臾㉓还。

自我抱兹独㉔,僶俛㉕四十年。

形骸㉖久已化㉗,心在㉘复何言?

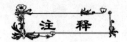

①连雨:连日下雨。

②运:天运,指自然界发展变化的规律。

③生:指生命。

④会:当。

⑤归尽:指死亡。

⑥终古:自古以来;往昔。

⑦松:赤松子,古代传说中的仙人。《汉书·张良传》:"愿弃人间事,欲以赤松子游耳。"注:"赤松子,仙人号也,神农时为雨师。"

⑧乔:王子乔,名晋,周灵王的太子。好吹笙,作凤鸣,乘白鹤仙去。事见刘向《列仙传》。

⑨定何间:究竟在何处。

⑩故老:老朋友。

⑪乃:竟,表示不相信。

⑫饮得仙:谓饮下此酒可成神仙。

⑬试酌:初饮。

⑭百情:指各种杂念。

⑮远:有忘却,断绝之意。

⑯重觞:再饮。

⑰忘天:忘记上天的存在。

⑱去此:离开这里。

⑲任真:听任自然。《庄子·齐物论》郭象注:"任自然而忘是非者,其体中独任天真而已,又何所有哉!"

⑳无所先:没有比这更重要的了。《列子》:"其在老耄,欲虑柔焉,物莫

先焉。"

㉑云鹤:云中之鹤。

㉒八表:八方之外,泛指极远的地方。

㉓须臾(yú):片刻。

㉔独:指任真。

㉕僶俛(mǐn miǎn):勤勉,努力。

㉖形骸(hái):指人的形体。

㉗化:变化。

㉘心在:指"任真"之心依然不变。

在"运生会归尽"的前提下,诗人进一步思索了应该采取的人生态度。道教宣扬服食成仙说,企图人为地延长人生的年限。这在魏晋以来,曾经引起一些名士"吃药"养生的兴趣。但是动荡的社会、黑暗的政治,也使一些身处险境、朝不保夕的文人看透了神仙之说的虚妄。曹植就感叹过:"虚无求列仙,松子久吾欺。变故在斯须,百年谁能持?"(《赠白马王彪》)陶渊明在《归去来兮辞》中也有过"帝乡不可期"的省悟文辞。所以接下两句诗就是针对着道教神仙之说提出了反诘:"世间有松乔,于今定何间?"如果世间真的有神仙存在,那么传说中的仙人赤松子、王子乔今天究竟在什么地方呢?

开篇四句诗不过是谈人生必有一死,神仙不可相信,由此转向了饮酒:"故老赠余酒,乃言饮得仙;试酌百情远,重觞忽忘天。"古诗十九首中有这样的诗句:"服食求神仙,多为药所误,不如饮美酒,被服纨与素。"这是一种不求长生,但求及时行乐的人生态度。陶渊明也从否定神仙存在转向饮酒,却自有新意。"乃言饮得仙"中的"乃"字,顺承前面"松乔"两句,又形成语意的转折。那位见多识广的老者,竟然说饮酒能够成仙。于是诗人先"试酌"一杯,果然觉得各种各样牵累人生的情欲,纷纷远离自己而去了;再乘兴连饮几杯,忽然觉得天地万物都不存在了。这就是"故老"所谓"饮得仙"的美妙境界吧!

然而,"天岂去此哉?任真无所先。"一个"天"字锁接前句,又以问句作转折。难道天地万物真的远远离去了吗?继而以"任真无所先"作答。任真,可以说是一种心境,就是诗人借助饮酒的刺激体验到的"百情远"的境界。这句诗的潜在意思是,人与万物都是受气于天地而生的,只是人有"百情"。如果人能忘情忘我,也就达到了与物为一、与自然运化为一体的境

诗中雨

界,而不会感到与天地远隔,或幻想着超越自然运化的规律去求神仙了。这就是任真,也就是任天。当然这种心境只是短暂的,"忽忘天"的"忽"字,便点出了这是一时间的感受。任真,也是一种人生态度,指顺应人自身运化的规律。陶渊明并不主张终日饮酒以忘忧,他认为"日醉或能忘,将非促龄具?"(《形影神·神释》)他只希望"居常待其尽,曲肱岂伤冲"(《五月旦作和戴主簿》),过一种简朴自然的生活。

"云鹤有奇翼,八表须臾还。"这两句仍用仙人王子乔的典故。据《列仙传》,王子乔就是"乘白鹤"升天而去的。云鹤有神奇的羽翼,可以高飞远去,又能很快飞回来。但是陶渊明并不相信有神仙,也不作乘鹤远游的诗意幻想,而自有独异的地方:"自我抱兹独,僶俛四十年。"我独自抱定了任真的信念,勉力而为,已经四十年了。这表达了诗人独任自然的人生态度,也表现了诗人孤高耿介的个性人格。

结尾两句总挽全篇:"形骸久已化,心在复何言?"所谓"化",指自然物质的变化,出自于《庄子·至乐篇》所言:"吾与子观化而化及我。"全诗正是从观察"运生会归尽"而推演到了观察自我形骸的变化。"心在",指诗人四十多年来始终抱守的任真之心。这两句诗与《戊申岁六月中遇火》所言"形迹凭化迁,灵府长独闲",意思相同。任凭形体依照自然规律而逐渐变化,直至化尽,我已经抱定了任真的信念,还有什么忧虑可言呢?这两句诗也可以看作《形影神·神释》中结语的缩写:"纵浪大化中,不喜亦不惧,应尽便须尽,无复独多虑。"依此而看,陶渊明的自然迁化说,并不同于《庄子》以生为累,以死为解脱的虚无厌世说。

总观全诗,以"运生会归尽"开端,感慨极深,继而谈饮酒的体验,又将"百情"抛远,结尾点出"形骸久已化",似乎有所触发,却以"心在复何言"一语收住了。全诗对触发诗人感慨生死的具体情由,始终含而不露,却发人深省、余味无穷。全诗重在议论哲理、自我解脱,几次使用问句,造成语意转折,语气变化,又能前后映衬,扣紧开端的论题。这都显示了陶渊明哲理诗的特色。联系陶渊明的生平事迹看,诗人在 40 岁以后渐觉衰老,更为自觉地反省人生。他曾为功业无成而焦虑,又为误落官场而追忆"真想";41 岁辞官归田后,也有孤寂、贫困、衰老等烦恼。为了摆脱这种种困惑,诗人试图在人生必有一死的前提下,以"自然"之说来解释"形影之苦"。这首《连雨独饮》和《形影神》等诗,就是在这种背景下相继写出的。因而诗人谈论生死以及乘化归尽的人生态度,实在是蓄积了深沉的人生感慨,也表现了诗人在厌倦了伪巧黑暗的社会现实后,在简朴清贫的田园生活中,始终独守任真之心,不拘世俗之累的孤傲人格。

诗中雨

天岂去此哉?任真无所先。

作者简介

何逊(? —公元 518 年),字仲言,东海郯(今山东省郯城县西)人。8 岁能赋诗。少时被范云赏识,结为忘年交。范称何诗"能含清浊,中今古"。累官至卢陵王记室,卒。有《何水部集》。何诗不多,风格清冷,足成家数。

相　送①

客心②已百念③,孤游重千里。

江暗雨欲来,浪白风初起。

①何逊集中有题为《相送》的联句五首。何逊诗云:"一朝事千里,流涕向三春",又:"愿子俱停驾,看我独解维",又:"以我辞乡泪,沾君送别衣。"这些诗句都是辞别送者而不是送人的语气。本题制题欠明白,但从相送联句类推,可以知道这不是送行的诗,而是留赠送行的朋友的诗。

②客心:异乡作客之心。

③百念:指众感交集。

21

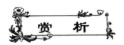

　　这是一首语言简净、意境深远的小诗,对仗工整,音律和谐,酷逼唐人。诗的前两句写行客惆怅的情怀:异乡做客,心中已百感交集,何况此行我是孤身一人,更加上路途有千里之遥！后两句写江上景色:江面上一片昏暗,波涛翻滚,浪花雪白,眼看着将是一番凄风冷雨袭来,怎不令行客的心境更加惨淡,离愁更加深重呢？对风雨将来之势的描写堪称经典。

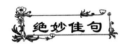

绝妙佳句

　　江暗雨欲来,浪白风初起。

文学常识丛书

作者简介

  孟浩然(公元689—公元740年),唐代诗人。襄州襄阳(今湖北襄樊)人,世称孟襄阳。因他未曾入仕,又称之为孟山人。早年隐居鹿门山。年四十,游长安,应进士不第。后为荆州从事,开元末,疽发背卒。

春　晓①

春眠不觉晓②，处处闻③啼鸟。

夜来风雨声，花落知多少。

①春晓：春天的早晨。

②不觉晓：不知不觉地天亮了。

③闻：听。

文学常识丛书

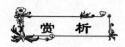

这首诗描绘了一幅春天早晨绚丽的图景,抒发了诗人热爱春天、珍惜春光的美好心情。

首句"春眠不觉晓",第一字就点明季节,写春眠的香甜。"不觉"是朦朦胧胧不知不觉。在这温暖的春夜中,诗人睡得真香,以至旭日临窗,才甜梦初醒。此句流露出诗人爱春的喜悦心情。次句"处处闻啼鸟"写春景,春天早晨的鸟语。"处处"是四面八方的意思。鸟噪枝头,一派生机勃勃的景象。"闻啼鸟"即"闻鸟啼",古诗为了押韵,词序作了适当的调整。这两句是说:春天来了,我睡得真甜,不知不觉天已大亮。一觉醒来,只听见处处有鸟儿在歌唱。第三、四句"夜来风雨声,花落知多少",诗人追忆昨晚的潇潇春雨,然后联想到春花被风吹雨打、落红遍地的景象。诗人把爱春和惜春的情感寄托在对落花的叹息上。惜春也是爱春,喜悦是全诗的基调。

25

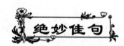

夜来风雨声,花落知多少。

作者简介

王维(公元 701—公元 761 年),唐代著名诗人、画家。字摩诘,太原祁人。

文 学 常 识 丛 书

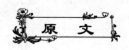

原 文

田园乐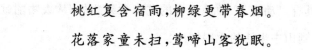①

桃红复含宿雨,柳绿更带春烟。

花落家童未扫,莺啼山客犹眠。

注 释

①原诗共七首,与北宋王安石《题西太一官》同为六言绝句中最优秀的篇章。

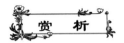
赏　析

　　王维之诗,诗中有画。诗人在这首诗中为我们描绘了一幅雨后的早晨田园生活的宁静闲适而又美好的生活图景,表现了诗人的隐逸情怀。你看,一个春天的早晨,桃花带雨,绿柳含烟,花落莺啼,山客犹眠,景象是多么的宁静美好,生活是多么地闲适惬意!特别是诗歌所写之"莺啼"而山客"犹眠"的情景,除了具有以动显静、动静结合的艺术效果之外,从人物酣眠的表现我们不难体味到山中生活的无限情趣!

　　黄升《玉林诗话》云:"六言绝句,如王摩诘'桃红复含宿雨'及王荆公'杨柳鸣蜩绿暗'二诗最为警绝,后难继者。"评说甚当。

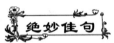

　　桃红复含宿雨,柳绿更带春烟。

作者简介

　　杜甫(公元 712—公元 770 年),字子美,唐代著名诗人。祖籍襄阳(今属湖北),生于河南巩县。

春夜喜雨

好雨知时节,当春乃①发生②。

随风潜③入夜,润物④细无声。

野径⑤云俱黑,江船火独明。

晓看红湿处,花重⑥锦官城⑦。

①乃:就。

②发生:催发植物生长。

③潜:暗暗地,悄悄地。

④润物:使植物受到雨水的滋养。

⑤径:乡下的小路。

⑥花重:花因沾着雨水,显得饱满沉重的样子。

⑦锦官城:成都的别称。

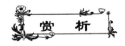

这是一首描绘并赞美春雨的诗。题目中的"喜"字统摄全篇。全诗八句,虽没出现一个"喜"字,但诗人的喜悦之情溢于言表。

首联写春雨的来到:"好雨知时节,当春乃发生",一个"好"字,表达了诗人对春雨的赞美。春天是植物萌发、生长的季节,正需雨,它就下起来了。诗人用拟人手法,盛赞春雨善解人意,似乎懂得人们的心愿一般。

颔联刻画春雨的特征:"随风潜入夜,润物细无声。"它伴随着和煦的春风,趁着夜色悄悄地飘洒大地,绵绵密密,无声无息地滋润着万物,不求人知,无意讨好。春雨具有这样高尚的品格,诗人格外喜欢。

颈联写春夜雨景:"夜径云俱黑,江船火独明。"诗人希望好雨能下个够,他开门出来看,只见天上乌云密布,地上也是黑沉沉的,连小路也看不清,只有江中船上的渔火露出一点亮光。

尾联"晓看红湿处,花重锦官城"是诗人的想象:春雨过后的翌日拂晓,整个锦官城里必然是一派花团锦簇、万紫千红的景象,那一朵朵湿漉漉、沉甸甸、红艳艳的鲜花,一定更惹人喜爱。花是如此,那田里的庄稼也肯定会苗壮成长。春雨给大地带来了蓬勃生机,给人们带来了丰收的希望,诗人怎能不赞美春雨呢!

春天是万物复苏的季节,而春雨正是在万物最需要它的时候适时地出现。更重要的是,春雨的到来是在夜色中"细无声"地"随风潜入",这既描写了春雨的状态,又活画出了春雨的灵魂。下一联写野径和漆黑的天空,整个春夜在一两盏渔火的映衬下,显得更加的寂静、安宁,只有春雨在默默地滋润着这个睡着了世界,悄悄地孕育了一个花团锦簇的黎明。最后一联是诗人的想象:明天的早晨,雨后的春花应当更为娇艳,整个锦官城中,应当满是湿漉漉、沉甸甸的花簇了。一个"重"字,传达出了一个充满生机的春意盎然的世界,也使我们感受到诗人春一般的喜悦心情。

绝妙佳句

随风潜入夜,润物细无声。

文学常识丛书

作者简介

　　戴叔伦(公元 732—公元 789 年),唐代诗人。字幼公,一说字次公。润州金坛(今属江苏)人。晚唐诗论家司空图在《与极浦书》中曾援引过戴叔伦论诗的话:"诗家之景,如蓝田日暖,良玉生烟,可望而不可置于眉睫之前也。"对宋、明以后主张神韵、性灵的诗人产生过影响。

　　《新唐书·艺文志》著录戴叔伦《述稾》10 卷,已佚。《全唐诗》录其诗 2 卷,其中有别人之作羼入者。《全唐文》录其文两篇。事迹见《新唐书》本传及《唐诗纪事》《唐才子传》。

兰溪①棹歌②

凉月如眉挂柳湾③,越中④山色经中看。

兰溪三日桃花雨⑤,半夜鲤鱼来上滩。

①兰溪:兰溪江,也称兰江,浙江富春江上游一支流。

②棹歌:船家摇橹时唱的歌。

③柳湾:种着柳树的河湾。

④越中:古代东南沿海一带称为越。

⑤桃花雨:江南春天桃花开时下的雨。

文学常识丛书

这首船歌,写一个渔人独坐船头欣赏兰溪夜景的情形,充满画意。当渔人将小船系尖兰溪岸边的时候,天已经黑下来,周围是一片茫茫的夜色。西南溪水转弯处的上空,一弯清冷的新月挂在杨柳梢头,长长的、细细的、尖尖的,宛如女儿家秀丽的眉。月光不多,却很明亮,把平静的溪水照得镜面一般;越中峰峦本来就亭亭如靓女,现在将她们的倩影投入水中,看去更增添了几分妩媚。啊,美丽的兰溪之夜,竟是这般的幽静、迷人啊!月儿渐渐落下去、落下去,天色变得很暗、很暗,山峦呀,杨柳呀,统统隐匿到黑黢黢的夜幕里。到了夜半时分,只听得溪边浅滩上泼剌剌,泼剌剌,响遍鱼儿跳水的声音。一连下了三天三夜春雨,兰溪水涨满河床,肥壮的鲤鱼,成群结伙,从下游逆流而上,赶到这一带来产卵养育后代——鱼汛来了!渔家丰收的时节来了!"桃花雨",桃花开时雨,就是春雨。这个字眼比"春雨"优美多了。在这里,它使人不仅想到桃花盛开的绚丽色彩,而且油然生出兰溪两岸桃花沐雨而开、落英顺水漂流的印象。更何况将桃花和溪水联系起来,还蕴含着一种特殊文化意味的诗情。东晋诗人陶潜,在《桃花源记》里写武陵渔人,划小船,"缘溪行,忘路之远近,忽逢桃花林,夹岸数百步,中无杂树,芳草鲜美,落英缤纷。"从那以后,渔人便与桃花流水结下不解之缘,诗人们写渔人往往提到桃花流水,说桃花流水便隐含着渔人。我们何以认定这首船歌的抒情主人公是个渔人?根据就在这里。倘使没有"桃花雨",单凭着春雨之后"鲤鱼来上滩"是不好遽然做出这个判断的,而且,诗意也淡了一层。

35

兰溪三日桃花雨,半夜鲤鱼来上滩。

作者简介

　　韦应物(公元 737—公元 792 或 793 年),中唐著名诗人。长安(今陕西西安)人。望族出身,少为皇帝侍卫,后入太学,折节读书。代宗朝入仕途,历任洛阳丞、滁州刺史、江州刺史、苏州刺史,罢官后,闲居苏州诸佛寺,直至终年。其诗多写山水田园,高雅闲淡,平和之中时露幽愤之情。反映民间疾苦的诗,颇富于同情心。

文学常识丛书

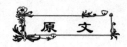

赋得①暮雨送李曹

楚江②微雨里,建业③暮钟时④。

漠漠⑤帆来重,冥冥⑥鸟去迟。

海门⑦深不见,浦⑧树远含滋⑨。

相送情无限,沾襟比散丝⑩。

①赋得:分题赋诗,分到的什么题目,称为"赋得"。这里分得的题目是"暮雨",故称"赋得暮雨"。

②楚江:指长江。

③建业:今江苏南京。

④暮钟时:敲暮钟的时候。

⑤漠漠:水气迷茫的样子。

⑥冥冥:昏暗的样子。

⑦海门:指长江入海口。

⑧浦:指浦口。

⑨含滋:湿润,带着水气。

⑩散丝:形容泪下如雨。

这是一首送别诗。虽是送别,却重在写景,全诗紧扣"暮雨"和"送"字着墨。

首联"楚江微雨里,建业暮钟时",起句点"雨",次句点"暮",直切诗题中的"暮雨"二字。"暮钟时",即傍晚时分,当时佛寺中早晚都以钟鼓报时,所谓"暮鼓晨钟"。以楚江点"雨",表明诗人正伫立江边,这就暗切了题中的"送"字。"微雨里"的"里"字既显示了雨丝缠身之状,又描绘了一个细雨笼罩的压抑场面。这样,后面的帆重、鸟迟这类现象始可出现。这一联,淡淡几笔,便把诗人临江送别的形象勾勒了出来,同时,为二、三联画面的出现,涂上一层灰暗的底色。

下面诗人继续描摹江上景色:"漠漠帆来重,冥冥鸟去迟。海门深不见,浦树远含滋。"

细雨湿帆,帆湿而重;飞鸟入雨,振翅不速。虽是写景,但"迟""重"二字用意精深。下面的"深"和"远"又着意渲染了一种迷蒙黯淡的景色。四句诗,形成了一幅富有情意的画面。从景物状态看,有动,有静;动中有静,静中有动:帆来鸟去为动,但帆重犹不能进,鸟迟似不振翅,这又显出相对的静来;海门、浦树为静,但海门似有波涛奔流,浦树可见水雾缭绕,这又显出相对的动来。从画面设置看,帆行江上,鸟飞空中,显其广阔;海门深,浦树远,显其邃邈。整个画面富有立体感,而且无不笼罩在烟雨薄暮之中,无不染上离愁别绪。

景的设置,总是以情为转移的,所谓"情哀则景哀,情乐则景乐"(吴乔《围炉诗话》)。诗人总是选取对自己有独特感受的景物入诗。在这首诗里,那暝暝暮色、霏霏烟雨,固然是诗人着力渲染的,以求与自己沉重的心境相吻合,就是那些用来衬托暮雨的景物,也无不寄寓着诗人的匠心,挂牵着诗人的情思。海门是长江的入海处。南京临江不临海，离海门有遥遥之距，海门"不见"，自不待言，何故以此入诗？此处并非实指，而是暗示李曹的东去，就视觉范围而言，即指东边很远的江面，那里似有孤舟漂泊，所以诗人极目而视，神萦魂牵。然而人去帆远，暮色苍苍，目不能及；但见江岸之树，栖身于雨幕之中，不乏空寂之意。无疑这海门、浦树蕴含着诗人怅惘凄戚的感情。诗中不写离舟而写来帆，也自有一番用意。李白的名句"孤帆远影碧空尽"是以离帆入诗的，写出了行人远去的过程，表达了诗人恋恋不舍的感情。此诗只写来帆，则暗示离舟已从视线中消失，而诗人仍久留不归，同时又以来帆的形象来衬托去帆的形象，而对来帆的关注，也就是对去帆的遥念。其间的离情别绪似更含蓄深沉。而那羽湿行迟的去鸟，不也是远去行人的写照吗？

经过铺写渲染烟雨、暮色、重帆、迟鸟、海门、浦树，连同诗人的情怀，交织起来，形成了浓重的阴沉压抑的氛围。置身其间的诗人，情动于衷，不能自已。猛然，那令人肠断的钟声传入耳鼓，撞击心弦。此时，诗人再也抑止不住自己的感情，不禁潸然泪下，离愁别绪喷涌而出："相送情无限，沾襟比散丝。"随着情感的迸发，尾联一改含蓄之风，直抒胸臆；又在结句用一个"比"字，把别泪和散丝交融在一起。"散丝"，即雨丝，晋张协《杂诗》有"密雨如散丝"句。这一结，使得情和景"妙合无垠""互藏其宅"（王夫之《姜斋诗话》），既增强了情的形象性，又进一步加深了景的感情色彩。从结构上说，以"微雨"起，用"散丝"结，前后呼应；全诗四联，一脉贯通，浑然一体。

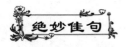

相送情无限，沾襟比散丝。

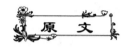

登楼寄王卿

踏阁攀林恨不同，楚云沧海思无穷。

数家砧杵①秋山下，一郡荆榛②寒雨中。

①砧杵：捣制寒衣用的垫石和棒槌。

②荆榛：泛指高矮不等的杂树。

文学常识丛书

这是一首怀念友人之作。韦应物与王卿之间有着很深的情谊。读这首小诗,我们眼前仿佛浮现出诗人韦应物的形象,见到他正在拾级登楼,对景吟唱。从前当他和王卿相聚时,经常一起游览:他们曾携手登楼("踏阁"),纵目远眺;并肩上山("攀林"),寻幽探胜。而如今呢,王卿已经远去楚地,只有诗人自己还滞留在海边的州郡。这会儿,当诗人孤独地登楼送目时,一种强烈的怀念故人之情不觉油然而生,脱口唱出了一、二两句:"踏阁攀林恨不同,楚云沧海思无穷。"

这开头两句虽然开门见山,将离愁别恨和盘托出,而在用笔上,却又有委婉曲折之妙。一、二两句采用的都是节奏比较和缓的"二二三"的句式:"踏阁——攀林——恨不同,楚云——沧海——思无穷"。在这里,意义单位与音韵单位是完全一致的,每句七个字,一波而三折,节奏上较之三、四句的"四三"句式,"数家砧杵——秋山下,一郡荆榛——寒雨中",显然有缓急的不同。句中的自对,也使这两句的节奏变得徐缓。"踏阁"与"攀林""楚云"与"沧海",分别在句中形成自对。朗读或默诵时,在对偶成分之间自然要有略长的停顿,使整个七字句进一步显得从容不迫。所以,尽管诗人的感情是强烈的,而在表现上却又不是一泻无余的,它流荡在舒徐的节律之中,给人以离恨绵绵、愁思茫茫的感觉。

三、四句承一、二句而来,是"恨不同"与"思无穷"的形象的展示。在前两句中,诗人用充满感情的声音歌唱;到这后两句,写法顿变,用似乎冷漠的笔调随意点染了一幅烟雨茫茫的图画。粗粗看去,不免感到突兀费解;细细想来,又觉得唯有这样写,才能情真景切、恰到好处地表现出登楼怀友这一主题。

第三句中的"砧杵",是捣制寒衣用的垫石和棒槌。这里指捣衣时砧杵相击发出的声音。秋风里传来"数家"零零落落的砧杵声,表现了"断续寒砧断续风"(李煜《捣练子》)的意境。"秋山下",点明节令并交代"数家砧杵"的地点,"秋山"的景色也是萧索的。全句主要写听觉,同时也是诗人见到的颇为冷清的秋景的一角。

最后一句着重写极目远望所见的景象。"荆榛",泛指高矮不等的杂树。"一郡",形容荆榛莽莽苍苍,一望无涯,几乎塞满了全郡。而"寒雨中"三字,又给"一郡荆榛"平添了一道雨丝织成的垂帘,使整个画面越发显得迷离恍惚。这一句主要诉诸视觉,而在画外还同时响着不断滴落的雨声。

三四两句写景,字字不离作者的所见所闻,正好切合诗题中的"登楼"。然而,诗人又不只是在单纯地写景。砧杵声在诗词中往往是和离情联在一起的,正是这种凄凉的声音震动了他的心弦,激起了他难耐的孤寂之感与对故人的思念之情。秋风秋雨愁煞人,诗人又仿佛从迷迷蒙蒙的雨中荆榛的画面上,看到了自己离恨别绪引起的无边的惆怅迷惘的具体形象。因而,进入诗中的砧杵、荆榛、寒雨,是渗透了作者思想感情的艺术形象,是他用自己的怨别伤离之情开凿出来的艺术境界。所以,三、四句虽然字字作景语,实际上却又字字是情语;字字不离眼前的实景,而又字字紧扣住诗人的心境。

这首诗在艺术上的最大特色是采用虚实相生的写法。一、二句直抒,用的是虚笔;三、四句写景,用的是实笔。二者相映成趣,相得益彰。虚笔概括了对友人的无穷思念,为全诗定下了抒写离情的调子。在这两句的映照下,后面以景寓情的句子才不致被误认为单纯的写景。景中之情虽然含蓄,却并不隐晦。实笔具体写出对友人的思念,使作品具有形象的感染力,耐人寻味,又使前两句泛写的感情得以落实并得到加强。虚实并用,使通篇既明朗又不乏含蓄之致,既高度概括又形象、生动。

数家砧杵秋山下，一郡荆榛寒雨中。

滁州①西涧②

独怜③幽草④涧边生，上有黄鹂⑤深树⑥鸣。
春潮⑦带雨晚来急，野渡⑧无人舟自横。

注　释

②滁州：唐属淮南东道，在今安徽省滁县。

②西涧：俗名上马河，在滁州城西。

③怜：爱。

④幽草：背阴处生长的草。

⑤黄鹂：黄莺。

⑥深树：茂密幽深的树林。

⑦春潮：二、三月间河水盛涨，称为春潮，俗称桃花汛。

⑧野渡：郊野的渡口。

文学常识丛书

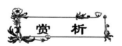赏　析

　　这是一首山水诗的名篇，也是韦应物的代表作之一。诗写于唐德宗建中二年（公元781年）诗人出任滁州刺史期间。唐滁州治所即今安徽滁县，西涧在滁州城西郊野。这诗写春游西涧赏景和晚雨野渡所见。诗人以情写景，借景述意，写自己喜爱与不喜爱的景物，说自己合意与不合意的情

44

事,而其胸襟恬淡,情怀忧伤,便自然流露出来。但是诗中有无寄托,寄托何意,历来争论不休。有人认为它通首比兴,是刺"君子在下,小人在上";有人认为"此偶赋西涧之景,不必有所托意"。实则各有偏颇。

诗的前两句,在春天繁荣景物中,诗人独爱自甘寂寞的涧边幽草,而对深树上鸣声诱人的黄莺儿却表示无意,置之陪衬,以相比照。幽草安贫守节,黄鹂居高媚时,其喻仕宦世态,寓意显然,清楚表露出诗人恬淡的胸襟。后两句,晚潮加上春雨,水势更急。而郊野渡口,本来行人无多,此刻更其无人。因此,连船夫也不在了,只见空空的渡船自在浮泊,悠然漠然。水急舟横,由于渡口在郊野,无人问津。倘使在要津,则傍晚雨中潮涨,正是渡船大用之时,不能悠然空泊了。因此,在这水急舟横的悠闲景象里,蕴含着一种不在其位、不得其用的无奈而忧伤的情怀。在前、后两句中,诗人都用了对比手法,并用"独怜""急""横"这样醒目的字眼加以强调,应当说是有引人思索的用意的。

45

由此看来,这诗是有寄托的。但是,诗人为什么有这样的寄托呢?

在中唐前期,韦应物是个洁身自好的诗人,也是个关心民生疾苦的好官。在仕宦生涯中,他"身多疾病思田里,邑有流亡愧俸钱"(《寄李儋元锡》),常处于进仕退隐的矛盾。他为中唐政治弊败而忧虑,为百姓生活贫困而内疚,有志改革而无力,思欲归隐而不能,进退两为难,只好不进不退,任其自然。庄子说:"巧者劳而知者忧;无能者无所求,饱食而遨游。泛若不系之舟,虚而遨游者也。"(《庄子·列御寇》)韦应物对此深有体会,曾明确说自己是"扁舟不系与心同"(《自巩洛舟行入黄河即事寄府县僚友》),表示自己虽怀知者之忧,但自愧无能,因而仕宦如同遨游,悠然无所作为。其实,《滁州西涧》就是抒发这样的矛盾无奈的处境和心情。思欲归隐,故独怜幽草;无所作为,恰同水急舟横。所以诗中表露着恬淡的胸襟和忧伤的情怀。

说有兴寄,诚然不错,但归结为讥刺"君子在下,小人在上",也失于死板;说偶然赋景,毫无寄托,则割裂诗、人,流于肤浅,都与诗人本意未洽。因此,赏奇析疑,以知人为好。

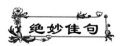

绝妙佳句

春潮带雨晚来急,野渡无人舟自横。

作者简介

　　李约(公元751—公元810年),字存博,汧公勉之子,自称萧斋。官兵部员外郎。其诗语言朴实,感情沉郁。诗十首,皆是不错的作品,其中尤以《观祈雨》为最善。

观 祈 雨

桑条无叶①土生烟，箫管迎龙水庙②前。

朱门几处看歌舞，犹恐春阴咽管弦。

①桑条无叶：此句用以说明春旱毁了养蚕业。

②水庙：即龙王庙，是古时祈雨的场所。

赏析

　　此诗写观看祈雨的感慨。通过大旱之日两种不同生活场面、不同思想感情的对比,深刻揭露了封建社会尖锐的阶级矛盾。

　　首句先写旱情,这是祈雨的原因。此诗紧紧抓住春旱特点。"桑条无叶"是写春旱毁了养蚕业,"土生烟"则写出春旱对农业的严重影响。因为庄稼枯死,便只能见"土";树上无叶,只能见"条"。所以,这描写旱象的首句可谓形象、真切。此诗第二句中"箫管迎龙"是写举行迎龙娱神的仪式、赛神场面。在箫管鸣奏声中,人们表演各种娱神的节目,看去煞是热闹。但是,祈雨群众只是强颜欢笑,内心是焦急的。

　　诗的后两句忽然撇开,写另一种场面,似乎离题,然而与题目却有着内在的联系。如果说前两句是正写"观祈雨"的题面,则后两句可以说是观祈雨的感想。前后两种场面,形成一组对照。水庙前是无数小百姓,箫管追随,恭迎龙神;而少数"几处"豪家,同时也在品味管弦,欣赏歌舞。一方是唯恐不雨;一方却"犹恐春阴"。唯恐不雨者,是因生死攸关的生计问题;"犹恐春阴"者,则仅仅是怕丝竹受潮,声音哑咽而已。这样,一方是深重的殷忧与不幸,另一方却是荒嬉与闲愁。这样的对比,潜台词可以说是:世道竟然如此不平啊……这一点作者虽已说明却未说尽,仍给读者以广阔联想的空间。

　　朱门几处看歌舞,犹恐春阴咽管弦。

49

作者简介

张籍(公元 767—公元 830 年),唐代著名诗人。字文昌,吴县人。

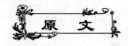

凉 州 词

边城暮雨雁飞低，芦笋初生渐欲齐。

无数铃声遥过碛，应驮白练①到安西。

①白练：这里指的是丝绸。

诗 中 雨

51

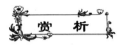

　　唐德宗贞元六年(公元 790 年)以后至九世纪中叶,安西和凉州边地尽入吐蕃手中,"丝绸之路"向西一段也为吐蕃所占。张籍在凉州词中表达了他对边事的忧愤。

　　诗一开始就写边塞城镇荒凉萧瑟的气氛:"边城暮雨雁飞低。"黄昏时分,边城阴雨连绵,雁儿在阴沉沉的暮雨天中低飞,而不是在晴朗的天空中高高飞翔,这给人以一种沉重的压抑感,象征中唐西北边境并不安宁。诗人抓着鸿雁低飞这一景象下笔,含义深邃,意在言外。远景写得阴沉抑郁。近景则相反,富有朝气:"芦笋初生渐欲齐。"河边芦苇发芽似笋,抽枝吐叶,争着向上生长。近景的色彩鲜明,情调昂扬,和远景的幽深低沉刚好形成强烈的对照。以上两句所写一抑一扬,一暗一明的景色,互相衬托,相得益彰。芦笋的蓬勃生机给边境带来春色,荒漠的大地上也看到人的活动了:"无数铃声遥过碛。"看! 一列长长的骆驼队远远地走过沙漠,颈上的悬铃不断摇动,发出响亮悦耳的声音,给人以安谧的感觉。诗人以诉之听觉的铃声让人产生视觉的骆驼队形象,从而触发起一种神往的感情,这样便把听觉、视觉和意觉彼此沟通起来,写得异常巧妙,极富创新精神。这就是美学上所说的"通感"手法。但联系下面一句,这种感情便起了突变。无数铃声意味着很多的骆驼商队。如今它们走向遥远的沙漠,究竟通向哪里去呢? 诗人不由怀念起往日"平时安西万里疆"丝绸之路上和平繁荣的情景。"应驮白练到安西。"在这"芦笋初生渐欲齐"的温暖季节里,本应是运载丝绸的商队"万里向安西"的最好时候呀! 言外之意是说,现在的安西都护府辖境为吐蕃控制,"丝绸之路"早已闭塞阻隔,骆驼商队再不能到达安西了。句首一"应"字,凝聚了多么辛酸而沉痛的感情!

　　这首《凉州词》用浓厚的色彩描绘西北边塞风光,它宛如一幅风景油画,远近景的结构,层次分明,明暗的对比强烈。画面上的空间辽远,沙漠广阔,中心展现着一列在缓缓行进的骆驼商队,诗的思想感情就通过这一骆驼队的行动方向,集中表现出来,从而收到以一当十、以少胜多,寓虚于实的艺术效果。

边城暮雨雁飞低,芦笋初生渐欲齐。

诗中雨

作者简介

王建，唐代诗人。字仲初，颍川（今河南许昌）人。

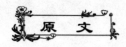

雨过山村

雨里鸡鸣一两家，竹溪村路板桥斜。

妇姑相唤浴蚕①去，闲着中庭栀子花。

①浴蚕：指古时用盐水选蚕种。

55

诗中雨

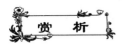

这首山水田园诗，富有诗情画意，又充满劳动生活的气息，颇值得称道。

"雨里鸡鸣一两家"。诗的开头就大有山村风味。这首先与"鸡鸣"有关，"鸡鸣桑树巅"乃村居特征之一。在雨天，晦明交替似的天色，会诱得"鸡鸣不已"。但倘若是平原大坝，村落一般不会很小，一鸡打鸣会引来群鸡合唱。山村就不同了，地形使得居民点分散，即使成村，人户也不会多。"鸡鸣一两家"，恰好写出山村的特殊风味。

"竹溪村路板桥斜"。如果说首句已显出山村之"幽"，那么，次句就由曲径通幽的过程描写，显出山居的"深"来，并让读者随诗句的向导，体验了山行的趣味。在霏霏小雨中沿着斗折蛇行的小路一边走，一边听那萧萧竹韵、潺潺溪声，该有多称心。不觉来到一座小桥跟前。这是木板搭成的"板桥"。山民尚简，溪沟不大，原不必张扬，而从美的角度看，这一座板桥设在竹溪村路间，这竹溪村路配上一座板桥，却是天然和谐的景致。

"雨过山村"四字，至此全都有了。诗人转而写到农事："妇姑相唤浴蚕去。"据《周礼》"禁原蚕"注引《蚕书》："蚕为龙精，月值大火（二月）则浴其种。"于此可见这是在仲春时分。在这淳朴的山村里，妇姑相唤而行，显得多么亲切，作为同一家庭的成员，关系多么和睦，她们彼此招呼，似乎不肯落在他家之后。"相唤浴蚕"的时节，也必有"相唤牛耕"之事，只举一端，不难概见其余。那优美的雨景中添一对"妇姑"，似比着一双兄弟更有诗意。

田家少闲月，冒雨浴蚕，就把倍忙时节的农家气氛表现得更加够味。但诗人存心要锦上添花，挥洒妙笔写下最后一句："闲着中庭栀子花。"事实上就是没有一个人"闲着"，但他偏不正面说，却要从背面、侧面落笔。用"闲"衬忙，兴味尤饶。一位西方诗评家说，徒手从金字塔上挖下一块石头，并不比从杰作中抽换某个单词更困难。这里的"闲",正是这样的字,它不仅是全句也是全篇之"眼",一经安放就断不可移易。同时诗人加入"栀子花",又丰富了诗意。雨浥栀子冉冉香,意象够美的。此外,须知此花一名"同心花",诗中向来用作爱之象征,故少女少妇很喜采撷这种素色的花朵。此诗写栀子花无人采,主要在于表明春深农忙,似无关"同心"之意。但这恰从另一面说明,农忙时节没有谈情说爱的"闲"功夫,所以那花的这层意义便给忘记了。这含蓄不发的结尾,实在妙机横溢,摇曳生姿。

全诗处处扣住山村特色,融入劳动生活情事,从景写到人,从人写到境,运用新鲜活泼的语言、新鲜生动的意象,传出浓郁的乡土气息。可谓"心思之巧,辞句之秀,最易启人聪颖"(《唐诗别裁》卷八评张王乐府语)了。

雨里鸡鸣一两家,竹溪村路板桥斜。

作者简介

　　韩愈(公元 768—公元 824 年)字退之,河南河阳(今河南孟县)人。唐代文学家、哲学家。郡望昌黎,世称"韩昌黎"。晚年任吏部侍郎,又称"韩吏部"。谥号"文",又称"韩文公"。

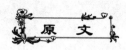

原文

早春呈水部张十八员外①(其一)

天街②小雨润如酥③,草色遥看近却无。

最是一年春好处,绝胜④烟柳满皇都。

注释

①张十八员外:即张籍,时任水部员外郎。员外,编制以外的官员。这是韩愈在长庆三年(公元823年)赠水部员外郎张籍的诗。

②天街:皇城中的街道。

③酥:牛羊奶中提炼出来的脂肪,即酥油。

④绝胜:远远超过。

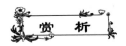

"天街小雨润如酥,草色遥看近却无"。意思是帝都长安的大街,蒙蒙的小雨,雨丝是那样轻细,那样柔和,那样滋润,好像酥油一般。在霏微细雨的滋养下,你去看那草色,远远望去,碧色朦胧,极清极新极淡,而待你走近了。反而觉得失却了那绿色,但见细嫩纤小的草芽刚刚钻出土面。

这首诗,作者只就"草色"加意点染。首先,为它安排了典型的环境。"天街""小雨",已经点明了其生在帝都,其时在早春,渲染出浓郁的春的氛围。紧接着,作者又描述了自己远观近察的不同感受。本来,初春有多种景物可以摄取入诗,淙淙的溪流、婉转的莺啼、飞来的双燕,都能象征春天的回归人间,但作者偏偏为一片草色传神写照,这,或许是他——一个渐入暮年而又心性高洁的诗人特有心态的反映吧。小雨蒙蒙中的草色,若有若无,最先传递出春的气息。它不愿与群芳百卉争夺艳冶的阳春三月,也不愿与皇都烟柳争夺仕女们的青睐。它自甘寂寞,默默地向人们显示着大自然的生机萌发和复苏。它,不是具有一种兀傲脱俗的气质和禀赋吗?作者以心观照,从寻常草色之中发现了其不寻常的,能与人相沟通的灵性,从而感到无比的快慰,他浓醮笔墨,书写出心底里的赞歌——"最是一年春好处,绝胜烟柳满皇都"。

黄叔灿评论"草色"句说:"写照工甚,正如画家设色,在有意无意之间。"作者的确像一位技艺高明的水墨画师,描绘草色只染不点,笔触极清地再现出那若隐若现的淡淡碧痕,远看实有,近观却无,如此写早春草色,可谓形神兼备。

天街小雨润如酥,草色遥看近却无。

作者简介

刘禹锡（公元 772—公元 842 年），字梦得，洛阳（今属河南）人，祖籍中山（今河北定县）。唐代文学家、哲学家。诗现存 800 余首。有《刘梦得文集》《刘宾客文集》《刘禹锡集》。

竹 枝 词①

杨柳青青江水平,闻郎江上唱歌声。

东边日出西边雨,道是无晴还有晴。

①竹枝词,简称"竹枝",又名巴渝辞。据《乐府诗集》载:"竹枝,巴歈也。"巴即巴郡,在今重庆市东部奉节至宜宾一带;歈即民歌。这种流传于渝东一带的民歌,古已有之,盛行在土家族的先民——巴人的部落里。巴人善歌舞,巴人民间的竹枝词,都是能唱能跳的,类似于今于的灯歌。

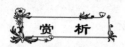

竹枝词是巴渝(今四川省东部重庆市一带)民歌中的一种。唱时,以笛、鼓伴奏,同时起舞。声调婉转动人。刘禹锡任夔州刺史时,依调填词,写了十来篇,这是其中一首摹拟民间情歌的作品。它写的是一位沉浸在初恋中的少女的心情。她爱着一个人,可还没有确实知道对方的态度,因此既抱有希望,又含有疑虑;既欢喜,又担忧。诗人用她自己的口吻,将这种微妙复杂的心理成功地予以表达。

第一句写景,是她眼前所见。江边杨柳,垂拂青条;江中流水,平如镜面。这是很美好的环境。第二句写她耳中所闻。在这样动人情思的环境中,她忽然听到了江边传来的歌声。那是多么熟悉的声音啊!一飘到耳里,就知道是谁唱的了。第三、四句接写她听到这熟悉的歌声之后的心理活动。姑娘虽然早在心里爱上了这个小伙子,但对方还没有什么表示哩。今天,他从江边走了过来,而且边走边唱,似乎是对自己多少有些意思。这,给了她很大的安慰和鼓舞,因此她就想到:这个人啊,倒是有点像黄梅时节晴雨不定的天气,说它是晴天吧,西边还下着雨,说它是雨天吧,东边又还出着太阳,可真有点捉摸不定了。这里晴雨的"晴",是用来暗指感情的"情""道是无晴还有晴",也就是"道是无情还有情"。通过这两句极其形象又极其朴素的诗,她的迷惘,她的眷恋,她的忐忑不安,她的希望和等待便都刻画出来了。

这种根据汉语语音的特点而形成的表现方式,是历代民间情歌中所习见的。它们是谐声的双关语,同时是基于活跃联想的生动比喻。它们往往取材于眼前习见的景物,明确地但又含蓄地表达了微妙的感情。这类用谐声双关语来表情达意的民间情歌,是源远流长的,自来为人民群众所喜爱。作家偶尔加以模仿,便显得新颖可喜,引人注意。刘禹锡这首诗为广大读者所喜爱,这也是原因之一。

绝妙佳句

东边日出西边雨,道是无晴还有晴。

作者简介

　　白居易(公元 772—公元 846 年),字乐天,晚号香山居士。原籍太原,后迁居下邽(今陕西渭南东北)。一生以 44 岁被贬江州司马为界,可分为前后两期。前期是兼济天下时期,后期是独善其身时期。白居易贞元二十六年(公元 800 年)29 岁时中进士,先后任秘书省校书郎、翰林学士,元和年间任左拾遗,写了大量讽喻诗,唐武宗会昌六年(公元 846 年)去世。

南湖①早春

风回云断雨初晴,返照②湖边暖复明。

乱点碎红山杏发,平铺新绿水蘋生。

翅低白雁飞仍重,舌涩黄鹂语未成。

不道③江南春不好,年年衰病减心情。

①南湖:鄱阳湖分南湖、北湖,自星子县、甓子口以南称南湖。

②返照:阳光倒影。

③不道:不是说。

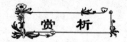

读这首《南湖早春》，令人不能不叹服诗人选景之新，造语之巧。烟波浩渺的鄱阳湖，传统地以湖边的星子县、瓮子口为界，将其分为南北二湖，诗题中即以南湖指代整个鄱阳湖。写早春，而且是江南鄱阳湖的早春，诗中选景构图，处处透着"早"意，显出时令、地域特征。时值初春，景象不同于其他季节，也有别于仲春、暮春。诗人选取了傍晚时分雨住天晴、返照映湖这一特定角度，着重描绘了山杏、水、白雁、黄鹂这些颇具江南风情的景物，惟妙惟肖地画出了南湖早春的神韵。时令尚早，大地刚刚苏醒，山杏初发，花开得不多，点缀在湖光山色中，故谓"碎红""乱点"则一下将杏花随意开放、随处点染的神态活画出来。"乱"并非杂乱、零乱，而是自然、随意，诗人写西湖春景时亦说"乱花渐欲迷人眼"（《钱塘湖春行》）、"乱峰围绕水平铺"（《春题湖上》），都从"乱"中见出天然情趣，毫无人工的矫揉。水新生，叶子平铺水面，"平"与"乱"相互映照，向人展示了春天的无限生机，唯在水乡，才见此景致，也让人觉得随着季节的推移，春色转浓，它们也会在湖面上不断伸展、扩大。写了看似静止的景物，诗人又转而接笔描绘了湖上的雁影莺声，静与动、景与声相映成趣。严冬刚过，大雁尚未从冬天的慵懒状态中恢复过来，还不善高飞，在湖上飞得低而缓慢，诗人以一"重"字活现出了它此时慵懒、笨拙的神态。经历了整整一个冬天的禁锢，黄鹂在初展歌喉时也难免舌涩口拙，不能婉转高歌。白雁翅低、黄鹂舌涩，莫不带有早春时节它们自身的特征，也别具情趣。它们不唯使诗人所描绘的画面有了动感，且有了声音，也让人感到它们不久即会振翅高飞，舒喉长鸣。一幅充满希望和生机的早春画图呈现在读者眼前。

67

诗中雨

风回云断雨初晴,返照湖边暖复明。

文学常识丛书

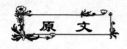

秋雨夜眠

凉冷三秋夜,安闲一老翁。

卧迟灯灭后,睡美雨声中。

灰宿温瓶火,香添暖被笼①。

晓晴寒未起,霜叶满阶红。

①被笼:被窝。

诗中雨

69

　　"秋雨夜眠"是古人写得腻熟的题材。白居易却能开拓意境,抓住特定环境中人物的性格特征进行细致的描写,成功地刻画出一个安适闲淡的老翁形象。

　　"凉冷三秋夜,安闲一老翁",诗人用气候环境给予人的"凉冷"感觉来形容深秋之夜,这就给整首诗抹上了深秋的基调。未见风雨,尚且如此凉冷,加上秋风秋雨的袭击,自然更感到寒气逼人。运用这种衬叠手法能充分调动读者的想象力,增强诗的感染力。次句点明人物。"安闲"二字勾画出"老翁"喜静厌动、恬淡寡欲的形象。

　　"卧迟灯灭后,睡美雨声中""卧迟"写出老翁的特性。老年人瞌睡少,宁可闲坐闭目养神,不喜早上床,免得到夜间睡不着,老翁若不是"卧迟",恐亦难于雨声中"睡美"。以"灯灭后"三字说明"卧迟"时间,颇耐人玩味。窗外秋雨淅沥,屋内"老翁"安然"睡美",正说明他心无所虑,具有闲淡的情怀。

　　以上两联是从老翁在秋雨之夜就寝情况刻画他的性格。诗的下半则从老翁睡醒之后情况作进一步描绘。

　　"灰宿温瓶火,香添暖被笼",以烘瓶里的燃料经夜已化为灰烬,照应老翁的"睡美"。才三秋之夜已经要烤火,突出老翁的怕冷。夜已经过去,按理说老翁应该起床了,却还要"香添暖被笼",打算继续躺着,生动地描绘出体衰闲散的老翁形象。

　　"晓晴寒未起,霜叶满阶红",与首句遥相呼应,写气候对花木和老翁的影响。风雨过后,深秋的气候更加寒冷,"寒"字交代了老翁"未起"的原因。"霜叶满阶红",夜来风雨加深了"寒"意,不久前还红似二月花的树叶,一夜之间就被秋风秋雨无情地扫得飘零满阶,多么冷酷的大自然啊!从树木移情到人，从自然想到社会，岂能无感触！然而"老翁"却"晓晴寒未起"，对它漫不经心，突出了老翁的心境清静淡泊。全诗紧紧把握老翁秋雨之夜安眠的特征，写得生动逼真，亲切感人，富有生活气息。

这首诗大约是大和六年（公元 832 年）秋白居易任河南尹时所作。这时诗人已六十多岁，体衰多病，官务清闲，加上亲密的诗友元稹已经谢世，心情特别寂寞冷淡。诗中多少反映了诗人暮年政治上心灰意懒、生活上孤寂闲散的状况。

诗中雨

卧迟灯灭后，睡美雨声中。

71

作者简介

柳宗元(公元773—公元819年),字子厚,河东(在现在山西省)人,唐代文学家和思想家。因为他参加了反对宦官和贵族大官僚的政治革新活动,所以长期受到权贵的迫害。他的散文题材多样,寓意深刻,文笔犀利,有独特的成就,在中国文学史上占有重要地位。柳宗元是唐宋散文八大家之一。

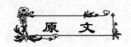

雨后晓行独至愚溪北池①

宿云散洲渚②,晓日明村坞③。

高树临清池,风惊夜来雨。

予心适无事,偶此④成宾主。

诗中雨

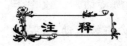

①愚溪北池:愚溪在原零陵西南,原名冉溪,柳宗元称之为愚溪。北池在溪北约六十步。

②洲渚(zhǔ):水中的小块陆地。《尔雅释水》:"水中可居者曰洲,小洲曰渚。"这里指水边山地。

③村坞(wù):村外小障碍蔽物,此处即指村落。

④偶此:与以上景物相对。

73

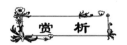

　　这首五言古诗作于元和五年(公元 810 年)。题中"愚溪北池",在零陵西南愚溪之北约六十步。此篇着重描写愚池雨后早晨的景色。

　　起首两句,从形象地描写雨后愚池的景物入手,来点明"雨后晓行"。夜雨初晴,隔宿的缕缕残云,从洲渚上飘散开去;初升的阳光,照射进了附近村落。这景色,给人一种明快的感觉,使人开朗、舒畅。三、四句进一步写愚池景物,构思比较奇特,是历来被传诵的名句。"高树临清池",不说池旁有高树,而说高树下临愚池,是突出高树,这与下句"风惊夜来雨"有密切联系,因为"风惊夜来雨"是从高树而来。这"风惊夜来雨"句中的"惊"字,后人赞其用得好,宋人吴可就认为"'惊'字甚奇"(《藏海诗话》)。夜雨乍晴,沾满在树叶上的雨点,经风一吹,仿佛因受惊而洒落,奇妙生动,真是把小雨点也写活了。末两句,诗人把自己也融化入景,成为景中的人物。佳景当前,正好遇上诗人今天心情舒畅,独步无侣,景物与我,彼此投合,有如宾主相得。这里用的虽是一般的叙述句,却是诗人主观感情的流露,更加烘托出景色的幽雅宜人。有了它,使前面四句诗的景物描写更增加了活力。这两句中,诗人用一个"适"字,又用一个"偶"字,富有深意。它说明诗人也并非总是那么闲适和舒畅的。

　　我们读这首诗,就宛如欣赏一幅池旁山村高树、雨后云散日出的图画,画面开阔,色彩明朗和谐,而且既有静景,也有动景,充满着生机和活力。诗中所抒发的情,与诗人所描写的景和谐而统一,在艺术处理上是成功的。

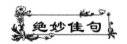

高树临清池,风惊夜来雨。

作者简介

李涉,洛阳(在今河南省)人,自号清谿子。他曾和弟弟李渤隐居庐山,后来从军作幕僚。李渤有诗说:"长兄年少曾落托,拔剑沙场随卫霍。口里虽谈周孔文,怀中不舍孙吴略。"(《喜弟漱再至为长歌》)唐宪宗时,曾贬官峡州司仓参军。唐文宗大和中,因宰相推荐,任太学博士,因故流放康州(治所在今广东德庆)。

李涉现存诗100余首,大多数是七言绝句。他关心国事,写诗抨击权贵说:"但将钟鼓悦私爱,肯以犬戎为国忧?"(《六叹》)由于一再遭受贬谪,常有不平之鸣。但总的说来,他的诗反映社会生活是不广的,写得比较完整可读的是旅游之作。《全唐诗》录存他的诗一卷。

井栏砂宿遇夜客

暮雨潇潇江上村①,绿林豪客夜知闻②。

他时不用逃名姓③,世上如今半是君。

①江上村:即诗人夜宿的皖口小村井栏砂。

②知闻:即"久闻诗名"。

③逃姓名:即"逃名"、避声名而不居之意(白居易《香炉峰下新卜山居》诗有"匡庐便是逃名地"之句)。

关于这首诗,《唐诗纪事》上有一则饶有趣味的记载:"涉尝过九江,至皖口(在今安庆市,皖水入长江的渡口),遇盗,问:'何人?'从者曰:'李博士(涉曾任太学博士)也。'其豪酋曰:'若是李涉博士,不用剽夺,久闻诗名,愿题一篇足矣。'涉赠一绝云。"这件趣闻不但生动地反映出唐代诗人在社会上的广泛影响和所受到的普遍尊重,而且可以看出唐诗在社会生活中运用的广泛——甚至可以用来酬应"绿林豪客"。不过,这首诗的流传,倒不单纯由于"本事"之奇,而是由于它在即兴式的诙谐幽默中寓有颇为严肃的社会内容和现实感慨。

前两句用轻松抒情的笔调叙事。风高放火,月黑杀人,这似乎是"遇盗"的典型环境;此处却不经意地点染出在潇潇暮雨笼罩下一片静谧的江村。环境气氛既富诗意,人物面貌也不狰狞可怖,这从称对方为"绿林豪客"自可看出。看来诗人是带着安然的诗意感受来吟咏这场饶有兴味的奇遇的。"夜知闻",既流露出对自己诗名闻于绿林的自喜,也蕴含着对爱好风雅、尊重诗人的"绿林豪客"的欣赏。环境气氛与"绿林豪客"的不协调,他们的"职业"与"爱好"的不统一,本身就构成一种耐人寻味的幽默。它直接来自眼前的生活,所以信口道出,自含清新的诗味。

三、四两句即事抒感。诗人早年与弟李渤隐居庐山,后来又曾失意归隐,诗中颇多"转知名宦是悠悠""一自无名身事闲""一从身世两相遗,往往关门到午时"一类句子,其中不免寓有与世相违的牢骚。但这里所谓"不用逃名姓"云云,则是对上文"夜知闻"的一种反拨,是诙谐幽默之词,意思是说,我本打算将来隐居避世,逃名于天地间,看来也不必了,因为连你们这些绿林豪客都知道我的姓名,更何况"世上如今半是君"呢?

表面上看,这里不过用诙谐的口吻对绿林豪客的久闻其诗名这件事表

诗中雨

露了由衷的欣喜与赞赏（你们弄得我连逃名姓也逃不成了），但脱口而出的"世上如今半是君"这句诗，却无意中表达了他对现实的感受与认识。诗人生活的时代，农民起义尚在酝酿之中，乱象并不显著，所谓"世上如今半是君"，显然别有所指。它所指的应该是那些不蒙"盗贼"之名而所作所为却比"盗贼"更甚的人们，是诗人刘叉在《雪车》中所痛斥的"相群相党，上下为蟊贼"之辈。相比之下，这些眼前的"绿林豪客"如此敬重诗人、富于人情，倒显得有些亲切可爱了。

　　这首诗的写作，颇有些"无心插柳柳成荫"的味道。诗人未必有意讽刺现实、表达严肃的主题，只是在特定情景的触发下，向读者开放了思想感情库藏中珍贵的一角。因此它寓庄于谐，别具一种天然的风趣和耐人寻味的幽默。据说豪客们听了他的即兴吟成之作，饷以牛酒，看来其中是有知音者在的。

绝妙佳句

　　暮雨潇潇江上村，绿林豪客夜知闻。

作者简介

刘皂，唐贞元间诗人，存诗 5 首。

长 门 怨

雨滴长门①秋夜长,愁心和雨到昭阳②。

泪痕不学君恩断,拭③却千行更万行。

①长门:汉宫名。汉武帝的陈皇后失宠后居于此。

②昭阳:殿名,汉成帝皇后赵飞燕所住的地方,后世泛指得宠宫妃所居之处,与冷宫长门形成对照。

③拭:擦。

赏析

相传司马相如曾为陈皇后作了一篇《长门赋》，凄婉动人。实际上，《长门赋》是后人假托司马相如之名而作的。自汉以来古典诗歌中，常以"长门怨"为题发抒失宠宫妃的哀怨之情。

刘皂《长门怨》组诗共三首，此乃其一。诗借长门宫里失宠妃嫔的口吻来写，全篇不着一"怨"字，但句句在写怨，情景交融，用字精工，将抽象的感情写得十分具体、形象，不失为宫怨诗中的佳篇。

首句"雨滴长门秋夜长"，通过写环境气氛，烘托人物的内心活动。诗人着意选择了一个秋雨之夜。夜幕沉沉，重门紧闭，雨声淅沥，寒气袭人，这是多么寂寞凄清的难眠之夜啊！长门宫里的妃嫔，天天度日如年，夜夜难以成眠，更哪堪这秋风秋雨之夜！"滴"字用得好，既状秋雨连绵之形，又绘秋雨淅沥之声，绘形绘声，渲染了凄凉的气氛；内心本就愁苦的妃嫔，耳听滴滴嗒嗒的雨水声，不由得产生一种"秋夜长"的感觉。这里，由景而生情，情和景有机地融合在一起了。

"愁心和雨到昭阳"。长门宫里的妃嫔辗转反侧，思绪纷繁，很自然地想起昭阳殿里的种种情景来。她们想了些什么，诗人没有点破，但联系"愁心"二字看，最基本的还是怨恨。昭阳殿如今依旧金碧辉煌，皇帝仍然在那里寻欢作乐，所不同的是昭阳殿的主人已经更换，皇帝又有了新欢，过去得宠的人们被搁置一边，她们被损害的心只有伴着秋雨才能飞到昭阳，这是何等可悲的命运啊！着一"和"字，蕴含丰富，有秋雨引发愁思，愁思伴随秋雨之意，愁心和秋雨完全糅合在一起了。

三、四两句是全诗感情的凝聚点。诗中女子由往日的欢娱想到今日的凄凉，再由今日的凄凉想到今后悲惨的结局，抚今追昔，由彼及此，不禁哀伤已极，泪如雨下。"泪痕不学君恩断，拭却千行更万行"，后一句当然是夸张,但这是紧承前一句来的,突出地表现了一个幽禁深宫、怨愁满怀、终日以泪洗面的失宠妃嫔的形象。"不学"二字,将失宠宫妃之泪痕不断与君恩已断联系起来,对比鲜明,感情强烈,把皇帝的寡恩无情给揭露出来了,熔议论、抒情于一炉,直率而又委婉。这一笔不仅增强了艺术感染力,而且提高了作品的思想性,不仅写出了怨,而且也写出了怒。白居易的《后宫词》有云:"红颜未老恩先断,斜倚熏笼坐到明",正面揭示主题,宣泄人物感情,写得很直率。刘皂的"泪痕不学君恩断",其直率有如白诗,其余味却胜于白诗。

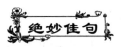

绝妙佳句

雨滴长门秋夜长,愁心和雨到昭阳。

作者简介

　　李贺(公元 790—公元 816 年),字长吉,昌谷(今河南宜阳)人,以乐府诗著称。他的诗想象丰富,构思奇特,具有极度浪漫主义风格。诗集有《昌谷集》。

南　园①

小树开朝径,长茸湿夜烟。

柳花惊雪浦,麦雨涨溪田。

古刹疏钟度,遥岚破月悬。

沙头敲石火,烧竹照渔船。

①这是李贺《南园十三首》中的最后一首。

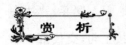

这是一首诗,也是一幅画。诗人以诗作画,采用移步换形的方法,就像绘制动画片那样,描绘出南园一带从早到晚的水色山光,旖旎动人。

首两句写晨景。夜雾逐渐消散,一条蜿蜒于绿树丛中的羊肠小道随着天色转明而豁然开朗。路边的蒙茸细草沾满了露水,湿漉漉的,分外苍翠可爱。诗歌开头从林间小路落笔,然后由此及彼,依次点染。显然,它展示的是诗人清晨出游时观察所得的印象。

三、四句写白昼的景色。诗人由幽静、逼仄的林间小道来到空旷的溪水旁边。这时风和日暖,晨露已晞,柳絮纷纷扬扬,飘落在溪边的浅滩上,白花花的一片,像是铺了一层雪。阳春三月,莺飞草长,诗人沿途所见多是绿的树、绿的草、绿的田园。到了这里,眼前忽地出现一片银白色,不禁大为惊奇。惊定之后,也就尽情欣赏起这似雪非雪的奇异景象来。

诗人观赏了"雪浦"之后,把视线移向溪水和它两岸的田垄。因为不久前下过一场透雨,溪水上涨了,田里的水也平平满满的。春水丰足是喜人的景象,它预示着将会有一个好的年景。

前四句,都是表现自然景物,只有第三句中的"惊"字写人,透露出"诗中有人",有人的观感,有人的情思。这种观感和情思把诗歌所展示的各种各样的自然景物融成一片。

后四句写夜晚的景色。五、六两句对仗工切,揉磨入细。"古刹疏钟度"写声,"遥岚破月悬"写色,其中"古刹"和"遥岚"一实一虚,迥然不同,然而又都含有"远"的意思。谓之"古刹",说明建造时间已很久长;称作"遥岚",表示山与人相距甚为遥远。两两比照、映衬,融入和谐统一的画面之中,便觉自然真切,意境遥深。

末两句写船家夜渔的情景。在山村滩多水浅的小河边,夜间渔人用竹枝扎成火把照明，鱼一见光亮，就慢慢靠近，愣头愣脑地听人摆弄。"沙头敲石火"描写捕鱼人在河滩击石取火，"烧竹照渔船"紧接上句，交代击石取火是为了替渔船照明。尽管并没有直接提到打鱼的事，但字句之间已作了暗示，让读者通过想象予以补充。

　　这首诗前六句主要描摹自然景物，运笔精细，力求形肖神似，像是严谨密致的工笔山水画。末二句正面写人的活动，用墨省俭，重在写意，犹如轻松淡雅的风俗画。两者相搭配，相映衬，情景十分动人。而且诗中的山岚、溪水、古刹、渔船，乃至一草一木都显得寥萧淡泊，有世外之意。想来是诗人的情致渗透到作品的形象里，从而构成这样一种特殊的意蕴，反映了诗人"老去溪头作钓翁"（《南园》其十）的归隐之情。当然，这不过是他仕进绝望的痛苦的另一种表现罢了。

柳花惊雪浦，麦雨涨溪田。

作者简介

　　杜牧(公元803—公元852年),字牧之,唐京兆万年(现在陕西省西安市)人。晚年居长安城南樊川别墅,后世因称之"杜紫微""杜樊川"。

江 南 春

千里莺啼①绿映红，水村山郭②酒旗③风。

南朝④四百八十寺，多少楼台烟雨中。

①啼：叫。

②山郭：靠山的城墙。

③酒旗：酒店门前高挂的布招牌。

④南朝：公元 420－589 年，南方宋、齐、梁、陈四个王朝的总称。当时建立了大批佛教寺院。

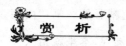

赏　析

　　这首《江南春》，千百年来素负盛誉。四句诗，既写出了江南春景的丰富多彩，也写出了它的广阔、深邃和迷离。

　　"千里莺啼绿映红，水村山郭酒旗风。"诗一开头，就像迅速移动的电影镜头，掠过南国大地：辽阔的千里江南，黄莺在欢乐地歌唱，丛丛绿树映着簇簇红花；傍水的村庄、依山的城郭、迎风招展的酒旗，一一在望。迷人的江南，经过诗人生花妙笔的点染，显得更加令人心旌摇荡了。摇荡的原因，除了景物的繁丽外，恐怕还由于这种繁丽不同于某处园林名胜，仅仅局限于一个角落，而是由于这种繁丽是铺展在大块土地上的。因此，开头如果没有"千里"二字，这两句就要减色了。但是，明代杨慎在《升庵诗话》中说："千里莺啼，谁人听得？千里绿映红，谁人见得？若作十里，则莺啼绿红之景，村郭、楼台、僧寺、酒旗，皆在其中矣。"对于这种意见，何文焕在《历代诗话考索》中曾驳斥道："即作十里，亦未必尽听得着，看得见。题云《江南春》，江南方广千里，千里之中，莺啼而绿映焉，水村山郭无处无酒旗，四百八十寺楼台多在烟雨中也。此诗之意既广，不得专指一处，故总而命曰《江南春》……"何文焕的说法是对的，这是出于文学艺术典型概括的需要。同样的道理也适用于后两句。"南朝四百八十寺，多少楼台烟雨中。"从前两句看，莺鸟啼鸣，红绿相映，酒旗招展，应该是晴天的景象，但这两句明明写到烟雨，是怎么回事呢？这是因为千里范围内，各处阴晴不同，也是完全可以理解的。不过，还需要看到的是，诗人运用了典型化的手法，把握住了江南景物的特征。江南特点是山重水复，柳暗花明，色调错综，层次丰富而有立体感。诗人在缩千里于尺幅的同时，着重表现了江南春天掩映相衬、丰富多彩的美丽景色。诗的前两句，有红绿色彩的映衬，有山水的映衬，村庄和城郭的映衬，有动静的映衬，有声色的映衬。但光是这些，似乎还不够丰

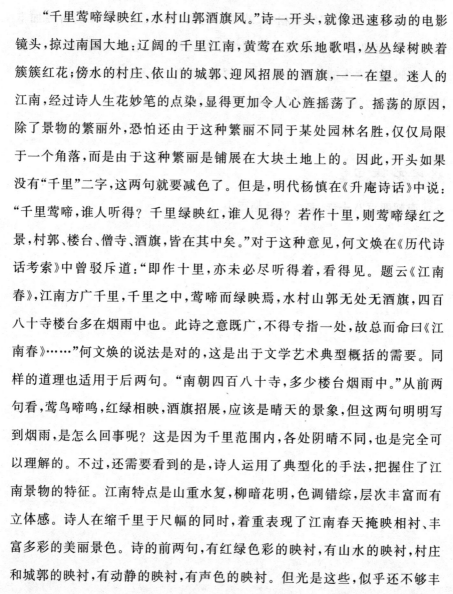

富,还只描绘出江南春景明朗的一面。所以诗人又加上精彩的一笔："南朝四百八十寺,多少楼台烟雨中。"金碧辉煌、屋宇重重的佛寺,本来就给人一种深邃的感觉,现在诗人又特意让它出没掩映于迷蒙的烟雨之中,这就更增加了一种朦胧迷离的色彩。这样的画面和色调,与"千里莺啼绿映红,水村山郭酒旗风"的明朗绚丽相映,就使得这幅"江南春"的图画变得更加丰富多彩。"南朝"二字更给这幅画面增添悠远的历史色彩。"四百八十"是唐人强调数量之多的一种说法。诗人先强调建筑宏丽的佛寺非止一处,然后再接以"多少楼台烟雨中"这样的唱叹,就特别引人遐想。

绝妙佳句

南朝四百八十寺,多少楼台烟雨中。

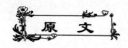

原 文

清 明

清明时节雨纷纷,路上行人^①欲断魂。

借问酒家何处有,牧童遥指杏花村。

注 释

①行人:是指出门在外行旅的人。

诗中雨

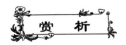

赏　析

　　这首小诗，一个难字也没有，一个典故也不用，整篇是十分通俗的语言，写得自如之极，毫无经营造作之痕。音节十分和谐圆满，景象非常清新、生动，而又境界优美、兴味隐跃。诗由篇法讲也很自然，是顺序的写法。第一句交代情景、环境、气氛，是"起"；第二句是"承"，写出了人物，显示了人物的凄迷纷乱的心境；第三句是一"转"，然而也就提出了如何摆脱这种心境的办法；而这就直接逼出了第四句，成为整篇的精彩所在——"合"。在艺术上，这是由低而高、逐步上升、高潮顶点放在最后的手法。所谓高潮顶点，却又不是一览无余、索然兴尽，而是余韵邈然，耐人寻味。这些，都是诗人的高明之处，也就是值得我们学习继承的地方吧！

　　清明时节雨纷纷，路上行人欲断魂。

文学常识丛书

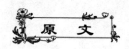

念昔游

李白题诗水西寺①，古木回岩楼阁风。
半醒半醉游三日，红白花开山雨中。

诗中雨

①水西寺：即天宫水西寺，是宣州泾县水西山中很有名的一座寺院。寺中"凡十四院，其最胜者曰华岩院，横跨两山，廊庑皆阁道，泉流其下"（《江南通志》）。李白曾到此游览，并题有《游水西简郑明府》一诗。

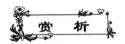

　　杜牧此诗开门见山，提到李白在水西寺题诗一事。李白诗中云："清湍鸣回溪，绿竹绕飞阁。凉风日潇洒，幽客时憩泊"，描写了这一山寺佳境。杜牧将此佳境凝练为"古木回岩楼阁风"，正抓住了水西寺的特点：横跨两山的建筑，用阁道相连，四周皆是苍翠的古树、绿竹，凌空的楼阁之中，山风习习。多么美妙的风光！

　　李白一生坎坷蹭蹬，长期浪迹江湖，寄情山水。杜牧此时不但与李白的境遇相仿，而且心绪也有些相似。李白身临佳境曰"幽客时憩泊"；杜牧面对胜景曰"半醒半醉游三日"，都是想把政治上失意后的苦闷消释在可以令人忘忧的美景之中。三、四句合起来，可以看到这样的场面：在蒙蒙的雨雾中，山花盛开，红白相间，幽香扑鼻；似醉若醒的诗人，漫步在这一带有浓烈的自然野趣的景色之中，显得多么陶然自得。

　　此诗二、四两句写景既雄俊清爽，又纤丽典雅。诗人是完全沉醉在这如画的山景里了吗？还是借大自然的景致来荡涤自己胸中之块垒呢？也许两者都有。

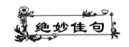

　　半醒半醉游三日，红白花开山雨中。

作者简介

温庭筠(公元 812—公元 870 年),本名岐,字飞卿,今山西祁县人。文思敏捷,精通音津。每入试,押官韵,八叉手而成八韵,时号"温八叉"。仕途不得意,官止国子助教。诗辞藻华丽,少数作品对时政有所反映。与李商隐齐名,并称"温李"。亦作词,他是第一个专力于"倚声填词"的诗人,其词多写花间月下、闺情绮怨,形成了以绮艳香软为特证的花间词风,被称为"花间派"鼻祖,对五代以后词的大发展起了很强的推动作用。唯题材偏窄,被人讥为"男子而作闺音"。其词结有《金荃集》。

咸阳值雨

咸阳桥①上雨如悬，万点空蒙隔钓船。

还似洞庭春水色，晓云将入岳阳天。

①咸阳桥：又名便桥，在长安北门外的渭水之上，是通往西北的交通
孔道。

文学常识丛书

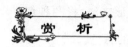

赏　析

这是一首对雨即景之作,明快、跳荡,意象绵渺,别具特色。

首句入题。"咸阳桥"点地,"雨"点景,皆直陈景物,用语质朴。句末炼出一个"悬"字,便将一种雨脚绵延如帘箔之虚悬空际的质感,形象生动地传出,健捷而有气势,读来令人神往。接下一句,诗人把观察点从桥头推向远处的水面,从广阔的空间来描写这茫茫雨色。这是一种挺接密衔的手法。"万点"言雨阵之密注。"空蒙"二字最有分量,烘托出云行雨施、水汽蒸薄的特殊氛围,点出这场春雨所引起的周围环境的色调变化来。用笔很像国画家的晕染技法,淡墨抹出,便有无限清蔚的佳致。这种烟雨霏霏的景象类似江南水乡的天气,是诗人着力刻画的意境,并因而逗出下文的联翩浮想,为一篇转换之关键。"钓船"是诗中实景,诗人用一个"隔"字,便把它推到迷蒙的烟雨之外,若隐若现,似有似无,像是要溶化在设色清淡的画面里一样,有超于象外的远致。

前两句一起一承,围绕眼前景物生发,第三句纵笔远扬,转身虚际,出人意外地从咸阳的雨景,一下转到了洞庭的春色。论地域,天远地隔;论景致,晴雨不侔。那么这两幅毫不相干的水天图画是如何联系起来的呢?实现这种转化的媒介,乃是存在于两者之间的某种共同点——即上面提到的烟水空蒙的景色。这在渭水关中也许是难得一见的雨中奇观,但在洞庭泽国,却是一种常见的色调。诗人敏感地抓住这一点,发挥艺术的想象,利用"还似"二字作有力的兜转,就把它们巧妙地联到一起,描绘出一幅壮阔飞动、无比清奇的图画来。洞庭湖为海内巨浸,气蒸波撼,吞天无际。在诗人看来,湿漉漉的晓云好像是驮载着接天的水汽飘进了岳阳古城的上空。这是何等壮观的景象啊!"将入"二字,真可说是笔挟云涛了。当然,作者着意描写巴陵湖畔的云容水色,其目的在于用它来烘托咸阳的雨景,使它更

诗中雨

97

为突出。这是一种借助联想,以虚间实,因宾见主的借形之法,将两种似乎无关的景物,从空间上加以联系,构成了本诗在艺术上的特色。

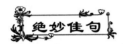

咸阳桥上雨如悬,万点空蒙隔钓船。

作者简介

　　李商隐(公元 813—公元 858 年),唐代诗人。字义山,号玉谿生,又号樊南子。原籍怀州河内(今河南沁阳),祖辈迁荥阳(今属河南)。初学古文。受牛党令狐楚赏识,入其幕府,并从学骈文。开成二年(公元 837 年),以令狐之力中进士。次年入属李党的泾原节度使王茂元幕府,王爱其才,以女妻之。因此受牛党排挤,辗转于各藩镇幕府,终身不得志。李商隐诗现存约 600 首。

夜雨寄北

君问归期未有期,巴山①夜雨涨秋池。

何当共剪西窗烛②,却话③巴山夜雨时。

①巴山:在今四川,绵亘数百里,东接三峡。

②共剪西窗烛:在西窗下共剪烛芯。

③却话:回头说起。

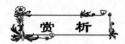

赏析

这首诗所寄何许人,有友人和妻子两说。前者认为李商隐居留巴蜀期间,正是在他 39 岁至 43 岁做东川节度使柳仲郢幕僚时,而在此之前,其妻王氏已亡。持者认为在此之前李商隐已有过巴蜀之游。也有人认为它是寄给"眷属或友人"的。从诗中所表现出的热烈的思念和缠绵的情感来看,似乎寄给妻子更为贴切。

开首点题,"君问归期未有期",让人感到这是一首以诗代信的诗。诗前省去一大段内容,可以猜测,此前诗人已收到妻子的来信,信中盼望丈夫早日回归故里。诗人自然也希望能早日回家团聚。但因各种原因,愿望一时还不能实现。首句流露出道出离别之苦、思念之切。

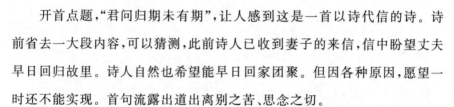

次句"巴山夜雨涨秋池"是诗人告诉妻子自己身居的环境和心情。秋山夜雨,总是唤起离人的愁思,诗人用这个寄人离思的景物来表达他对妻子的无限思念。仿佛使人想象在一个秋天的某个秋雨缠绵的夜晚,池塘涨满了水,诗人独自在屋内倚床凝思。想着此时此刻妻子在家中的生活和心境;回忆他们从前在一起的共同生活;咀嚼着自己的孤独。

三、四句"何当共剪西窗烛,却话巴山夜雨时",这是对未来团聚时的幸福想象。心中满腹的寂寞、思念,只有寄托在将来。那时诗人返回故乡,同妻子在西屋的窗下窃窃私语,情深意长,彻夜不眠,以致蜡烛结出了蕊花。他们剪去蕊花,仍有叙不完的离情,言不尽重逢后的喜悦。这首诗既描写了今日身处巴山倾听秋雨时的寂寥之苦,又想象了来日聚首之时的幸福欢乐。此时的痛苦,与将来的喜悦交织在一起,时空变换,

此诗语言朴素流畅,情真意切。"巴山夜雨"首末重复出现,令人回肠荡气。"何当"紧扣"未有期",有力地表现了作者思归的急切心情。

诗中雨

绝妙佳句

何当共剪西窗烛,却话巴山夜雨时。

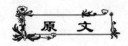

宿骆氏亭寄怀崔雍崔衮

竹坞①无尘水槛②清，相思迢递隔重城。

秋阴不散霜飞晚，留得枯荷听雨声。

①竹坞：竹林环抱荫蔽的船坞。

②水槛：傍水的有栏杆的亭轩，即题中"骆氏亭"。

诗中雨

103

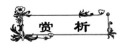
赏　析

　　"竹坞无尘水槛清",诗人起笔就以极为简练的笔调,勾画了骆氏亭的环境:水清、竹秀、亭静,这里一片清幽雅洁。然而,也正是这幽静清廖的、远离了尘嚣的境地,牵引出诗人绵绵的相思。这种相思,了无痕迹地表现出清幽环境中诗人的孤寂;"相思迢递隔重城",而地域的距离又是这样无情地阻隔了彼此的恩情。诗人眼下所宿的骆氏亭与崔氏二兄弟居住的长安,远隔千山万水,诗人只能借助于风、于云,将自己的思念悠悠然地飘向远方长安,以求得寂寞中的慰藉、间隔中的契合了。

　　"秋阴不散霜飞晚",此时此刻,仰头望天,雨意已浓,一片迷蒙。这样的物景,给本就不够明朗的心境,投上重重的阴影,心境的黯淡,又为物景抹上了一层灰色。情与景,心与物浑然于一体。"留得枯荷听雨声",这是全诗的点睛之笔,也是一直为后学所溢美的神来之笔。试想,淅淅沥沥的秋雨,点点滴滴地敲打在枯荷上,那凄清的错落有致的声响,该是一种怎样的声韵? 枯荷无疑是一种残败衰飒的形象,偶尔的枯荷之"留",赢得的却是诗人的"听",而诗人"听"到的,又只是那凄楚的雨声。枯荷秋雨的清韵,有谁能解其中个味? 那枯荷莫不就是诗人的化身,而那"雨声"也远不仅是天籁之韵了,或许它还是诗人在羁泊异乡、孤苦飘零时,略慰相思,稍解寂寥的心韵呀!

　　全诗紧紧扣住了诗题的"寄怀",诗中的修竹、清水、静亭、枯荷、秋雨无不成了诗人抒发情感的凭藉,成了诗人寄托情感的载体。诗的意境清疏秀朗,而孕育其中的心境又是极为深远的。诗人虽然与友人"身隔",而却无不在祈盼着"情通",这或许就是诗人所说的一种"心有灵犀"吧。

秋阴不散霜飞晚，留得枯荷听雨声。

写雨二首

微 雨

初随林霭①动，稍②共夜凉分。

窗迥③侵灯冷，庭虚④近水闻。

细 雨

帷飘白玉堂⑤，簟卷碧牙床⑥。

楚女⑦当时意，萧萧⑧发彩凉。

注 释

①霭:雾气。

②稍:渐渐。

③迥:远。

④虚:空。

⑤白玉堂:指天宫,相传中唐诗人李贺临死时,看见天上使者传天帝令召唤他上天给新建的白玉楼撰写记文。

⑥碧牙床:喻指天空,蔚蓝澄明的天空好像用碧色象牙雕塑成的卧床。

⑦楚女:指《楚辞·九歌·少司命》里描写的神女,诗中曾写到她在天池沐浴后曝晒、梳理自己头发的神情。

⑧萧萧:清凉的感觉。

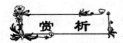

赏 析

李商隐写了不少咏物诗,不仅体物工切,摹写入微,还能够通过多方面的刻画,传达出物象的内在神韵。

前一首咏微雨。微雨是不易察觉的,怎样才能把它真切地表现出来呢?诗中描写全向虚处落笔,借助于周围的有关事物和人的主观感受作多方面的陪衬、渲染,捕捉到了微雨的形象。开头两句写傍晚前后微雨始落不久的情景。微雨初起时,只觉得它随着林中雾气一起浮动,根本辨不清是雾还是雨;逐渐地,伴同夜幕降临,它分得了晚间的丝丝凉意。后面两句写夜深后微雨落久的情景。微雨久落后气温下降,人坐屋内,尽管远隔窗户,仍然感觉出寒气透入户内,侵逼到闪烁不定的灯火上;同时,落久后空气潮湿,雨点不免增重,在空寂的庭院里,可以听得见近处水面传来细微的淅沥声。四句诗写出了从黄昏到夜晚微雨由初起到落久的过程,先是全然不易察觉，而后渐能察觉，写得十分细腻而熨帖，但是没有一个字直接刻画到微雨本身，仅是从林霭、夜凉、灯光、水声诸物象来反映微雨带给人的各种感受，显示了作者写景状物工巧入神的本领。下字也极有分寸，"初随""稍共""侵""冷""虚""近"，处处扣住微雨的特点，一丝不苟。

如果说，《微雨》的妙处在于避免从正面铺写雨的形态，只是借人的感受做侧面烘托，那么，《细雨》的笔法则全属正面铺写，不过是发挥了比喻及想象的功能，同样写得灵活而新鲜。

诗篇一上来打了两个比方。这里将细雨由天上洒落，想象为有如天宫白玉堂前飘拂下垂的帷幕，又像是从天空这张碧牙床上翻卷下来的簟席。帷幕、簟席都是织纹细密而质地轻软的物件，用它们作比拟，既体现出细雨的密致形状，也描画了细雨随风飘洒的轻灵姿态。接下来，再借用神话传说材料作进一步形容。这里说：想象神女当时的意态，那茂密的长发从两肩披拂而下，熠熠地闪着光泽，萧萧地传送凉意，不就同眼前洒落的细雨相仿佛吗？这个比喻不仅更为生动地写出了细雨的诸项特征，还特别富于韵致，逗人遐想。整首诗联想丰富，意境优美，如"帷飘""簟卷"的具体形象，"白玉""碧牙""发彩"的设色烘托，"萧萧"的清凉气氛，尤其是神女意态的虚拟摹想，合成了一幅神奇谲幻、瑰丽多彩的画面。比较起来，《微雨》偏于写实作风，本诗则更多浪漫情味，从中反映出作者咏物的多样化笔调。

文学常识丛书

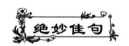

初随林霭动，稍共夜凉分。

楚女当时意，萧萧发彩凉。

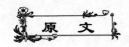

重过圣女祠①

白石岩扉②碧藓滋③，上清④沦谪得归迟⑤。

一春梦雨⑥常飘瓦，尽日灵风⑦不满旗⑧。

萼绿华⑨来无定所，杜兰香⑩去未移时。

玉郎⑪会此通仙籍，忆⑫向天阶⑬问⑭紫芝⑮。

诗中雨

①圣女祠:《水经·漾水注》"武都秦冈山,悬崖之侧,列壁之上,有神像,若图指状妇人之容,其形上赤下白,世名之曰'圣女神'。"武都,在今甘肃省武都县,是唐代由陕西到西川的要道。商隐开成二年(公元837年)冬自兴元回长安时途经这里,曾作《圣女祠》诗。据张《笺》,大中十年(公元856年)商隐随柳仲郢自梓州还朝重过此地,故题"重过"。

②白石岩扉:指圣女祠的门。

③碧藓滋:江淹《张司空华离情》:"闺草含碧滋。"

④上清:道教传说中神仙家的最高天界。《灵宝本元经》:"四人天外曰三清境,玉清、太清、上清,亦名三天。"

⑤沦谪得归迟:谓神仙被贬谪到人间,迟迟未归。此喻自己多年蹉跎于下僚。

⑥梦雨:屈原《九歌》"东风飘兮神灵雨。"王若虚《滹南诗话》引萧闲语:

"盖雨之至细若有若无者谓之梦。"

⑦灵风：神灵之风。《云笈七籤》："灵风扬音，绿霞吐津。"陶弘景《真诰》："右英王夫人歌：'阿母延轩观，朗啸蹑灵风。'"《汉书·郊祀志》："画旗树太乙坛上，名灵旗。"

⑧不满旗：谓灵风轻微，不能把旗全部吹展。

⑨萼绿华：仙女名。陶弘景《真诰·运象》："萼绿华者，自云是南山人，不知是何山也。女子年可二十上下，青衣，颜色绝整。以升平三年十一月十日夜降于羊权家，自此往来，一月辄六过，来与权尸解药。"

⑩杜兰香：仙女名。《墉城仙录》："杜兰香者，有渔父于湘江之岸见啼声，四顾无人，唯一二岁女子，渔父怜而举之。十余岁，天姿奇伟，灵颜姝莹，天人也。忽有青童自空下，集其家，携女去，归升天。谓渔父曰：'我仙女也，有过，谪人间，今去矣。'其后降于洞庭包山张硕家。"《搜神记》："汉时有杜兰香者，自称南康人氏，以建业四年春数诣张硕，言本为君作妻，情无旷远，以年命未合，其小乖，太岁东方卯当还求君。"《晋书·曹毗传》："桂阳张硕为神女杜兰香所降，毗以二诗嘲之，并续《兰香》歌诗十篇。"曹毗《神女杜兰香传》："杜兰香自云：'家昔在青草湖，风溺，大小尽没。香年三岁，西王母接而养之于昆仑之山，于今千岁矣。'"《太平御览》引《杜兰香别传》："香降张硕，既成婚，香便去，绝不来。年余，硕忽见香乘车山际，硕不胜悲喜，香亦有悦色。言语顷时，硕欲登其车，其婢举手排硕，凝然山立。硕复于车前上车，奴攘臂排之，硕于是遂退。"

⑪玉郎：神仙名。《金根经》："青宫之内北殿上有仙格，格有学仙簿录，及玄名年月深浅，金简玉札，有十万篇，领仙玉郎所掌也。"冯注引《登真隐诀》："三清九宫并有僚属，其高总称曰道君，次真人、真公、真卿，其中有御史、玉郎，诸小辈官位甚多。"此引玉郎何指？或云自喻；或云喻柳仲郢，时柳奉调将为吏部待郎，执掌官吏铨选。

⑫忆：此言想往、期望。

⑬天阶：宫殿前的台阶。

⑭问：求取。

⑮紫芝：《茅君内传》："句曲山有神芝五种,其三色紫,形如葵叶,光明洞彻,服之拜为龙虎仙君。"此喻指朝中之官职。

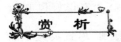

古代有不少关于天上神女谪降人间的传说,因此诗人很自然地由眼前这座幽寂的圣女祠生出类似的联想。"白石岩扉碧藓滋,上清沦谪得归迟。"——圣女祠前用白石建造的门扉旁已经长满了碧绿的苔藓,看来这位从上清洞府谪降到下界的圣女沦落在尘世已经很久了。首句写祠前即目所见,从"白石""碧藓"相映的景色中勾画出圣女所居的清幽寂寥,暗透其"上清沦谪"的身份和幽洁清丽的风神气质;门前碧藓滋生,暗示幽居独处,久无人迹,微逗"梦雨"一联,同时也暗寓"归迟"之意。次句是即目所见而引起的联想,正面揭出全篇主意。"沦谪得归迟",是说沦谪下界,迟迟未能回归天上。

领联从门前进而扩展到对整个圣女祠环境气氛的描绘——"一春梦雨常飘瓦,尽日灵风不满旗。"如丝春雨,悄然飘洒在屋瓦上,迷蒙飘忽,如梦似幻;习习灵风,轻轻吹拂着檐角的神旗,始终未能使它高高扬起。诗人所看到的,自然只是一段时间内的景象。但由于细雨轻风连绵不断的态势所造成的印象,竟仿佛感到它们"一春"常飘、"尽日"轻扬了。眼前的实景中融入了想象的成分,意境便显得更加悠远,诗人凝望时沉思冥想之状也就如在目前。单就写景状物来说,这一联已经极富神韵,有画笔难到之妙。不过,它更出色的地方恐怕还是意境的朦胧缥缈,能给人以丰富的联想与暗示。王若虚《滹南诗话》引萧闲语云:"盖雨之至细若有若无者,谓之梦。"这梦一般的细雨,本来就已经给人一种虚无缥缈、朦胧迷幻之感,再加上高唐神女朝云暮雨的故实,又赋予"梦雨"以爱情的暗示,因此,这"一春梦雨常飘瓦"的景象便不单纯是一种气氛渲染,而是多少带上了比兴象征的意味。它令人联想到,这位幽居独处、沦谪未归的圣女仿佛在爱情上有某种朦胧的期待和希望,而这种期待和希望又总是像梦一样的飘忽、渺茫。同样地,当我们联系"何处西南待好风"(《无题二首》之一)、"安得好风吹汝来"(《留赠畏之》)一类诗句来细加体味,也会隐隐约约感到"尽日灵风不满旗"的描写中暗透出一种好风不满的遗憾和无所依托的幽怨。这种由缥缈之景、朦胧之情所融合成的幽渺迷蒙之境,极富象外之致,却又带有不确定的性质,略可意会,而难以言传。这是一种典型的朦胧美。尽管它不免给人以雾里看花之感,但对于诗人所要表现的特殊对象——一位本身就带有虚无缥缈气息的"圣女"来说,却又有其特具的和谐与适应。"神女生涯原是梦"(《无题二首》之二)。这梦一般的身姿面影、身世遭遇,梦一般的爱情期待和心灵叹息,似乎正需要这梦一样的氛围来表现颈联又由"沦谪"不归、幽寂无托的"圣女",联想到处境与之不同的两位仙女。道书上说,萼绿华年约二十,上下青衣,颜色绝整,于晋穆帝升平三年夜降羊权家,从此经常往来,后授权尸解药引其升仙。杜兰香本是渔父在湘江岸边收养的弃婴,长大后有青童自天而降,携其升天而去。临上天时兰香对渔父说:"我仙女也,有过谪人间,今去矣。"来无定所,踪迹飘忽不定,说明并非"沦谪"尘世,困守一地;去未移时,说明终归仙界,而不同于圣女之迟迟未归。颔、颈两联,一用烘托,一用反衬,将"圣女"沦谪不归、长守幽寂之境的身世遭遇从不同的侧面成功地表现出来了。

　　"玉郎会此通仙籍,忆向天阶问紫芝。"玉郎,是天上掌管神仙名册的仙官。通仙籍,指登仙界的资格(古称登第入仕为通籍)。尾联又从圣女眼前

文学常识丛书

112

沦谪不归的处境转想她从前的情况,"忆"字贯通上下两句。意思是说,遥想从前,职掌仙籍的玉郎仙官曾经与圣女相会,帮助她登上仙界,那时的圣女曾在天宫的台阶上采取紫芝,过着悠闲自在的仙界生活,而如今却沦谪尘世,凄寂无托,能不慨然吗? 一结以"忆"字唤起今昔之感,不言而黯然神伤。"天阶问紫芝"与"岩扉碧藓滋"正构成天上人间的鲜明对照。

这首诗成功地塑造了一位沦谪不归、幽居无托的圣女形象。有的研究者认为诗人是托圣女以自寓,有的则认为是托圣女以写女冠。实际上圣女、女冠、作者,不妨说是三位一体:明赋圣女,实咏女冠,而诗人自己的"沦谪归迟"之情也就借圣女形象隐隐传出。所谓"圣女祠",大约就是女道观的异名,这从七律《圣女祠》中看得相当清楚。所不同的,只是《圣女祠》借咏圣女而寄作者爱情方面的幽渺之思,而《重过圣女祠》则借咏圣女而寄其身世沉沦之慨罢了。清人钱泳评"梦雨"一联道:"作缥缈幽冥之语,而气息自沉,故非鬼派。"(《履园谭诗》)由于其中融合了诗人自己遇合如梦、无所依托的人生体验,诗歌的意境才能在缥缈中显出沉郁。尾联在回顾往昔中所透露的人间天上之感,也隐然有诗人的今昔之感寄寓在里面。

绝妙佳句

　　一春梦雨常飘瓦,尽日灵风不满旗。

春 雨

怅卧新春白袷衣,白门寥落意多违。

红楼隔雨相望冷,珠箔①飘灯独自归。

远路应悲春晼②晚,残宵犹得梦依稀。

玉珰缄札何由达,万里云罗③一雁飞。

注 释

①珠箔:珠帘。

②晼:日落。

③云罗:阴云密布。

赏 析

　　新春时节穿着一件夹衣,怅然而卧,白门寂寞,有很多不如意的事。隔着雨凝视着那座红楼,感到孤寒凄冷,在珠帘般的细雨和飘摇的灯光中独自回来。遥远的路途上应该悲伤春天将要过去,在残宵的梦中还依稀可以与你相见。玉珰和书信怎么样才可以送给你?万里阴云下只有一只大雁飞过。诗人描写了主人公在春夜思念自己的情人,心中一片迷茫,惆怅不已。李商隐在这首诗中,赋予爱情以优美动人的形象。诗借助于飘洒迷蒙的春雨,融入主人公迷茫的心境,依稀的梦境,烘托别离的寥落、思念的真挚,构成浑然一体的艺术境界。

绝妙佳句

　　红楼隔雨相望冷,珠箔飘灯独自归。

风 雨

凄凉宝剑篇,羁泊①欲穷年。

黄叶仍风雨,青楼②自管弦。

新知遭薄俗,旧好③隔良缘。

心断新丰酒,消愁又几千④。

注 释

①羁泊:长期漂泊。

②青楼:富人家的高楼。

③旧好:老相好。

④几千:几千文。

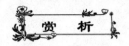

　　看了宝剑篇,感觉自己处境凄凉,羁旅漂泊的日子几乎要穷尽一生。黄叶仍然在风雨中飘零,青楼上的富贵人家仍然欢歌曼舞。新朋友遭到世俗的攻击诽谤,老朋友也隔断良缘而疏远。心中早已断了酒,但忧愁起来,借酒消愁,又管它酒钱多少。这首诗大约作于诗人晚年羁泊异乡期间。这时,长期沉沦漂泊、寄迹幕府的诗人已经到了人生的穷途。诗人面对宝剑篇,想到自己空有才华,却不得志,在外漂泊,没有建树,恰似在风雨中飘摇,不免心中苦闷,借酒销愁,抒发了自己悲凉的心境。全诗意境悲凉,自喻形象,自然流畅,意味深长。

　　黄叶仍风雨,青楼自管弦。

诗中雨

117

无 题

飒飒①东风细雨来,芙蓉②塘外有轻雷。

金蟾啮锁烧香入,玉虎牵丝③汲井回。

贾氏窥帘韩掾少④,宓妃留枕魏王才。

春心莫共花争发,一寸相思一寸灰!

 注 释

①飒飒:风声。

②芙蓉:荷花。

③丝:井绳。

④少:年少。

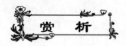

赏　析

　　飒飒东风送来蒙蒙细雨,荷花塘外传来阵阵轻雷声。打开金蟾咬锁的香炉放入香料,转动玉虎牵动井绳汲水回屋。贾氏隔帘偷看少年美貌的韩寿,宓妃爱慕曹植的才华留枕寄情。相思之情切莫与春花争荣竞发,一寸寸相思都化成了灰烬。

　　这首诗描写了一位深闺中追求爱情的女子失望的痛苦。女主人公愁怀不展,百无聊赖,不由得沉重地悲叹。全诗含蓄深婉,反复咏叹,震撼人心,动人心弦。

绝妙佳句

　　飒飒东风细雨来,芙蓉塘外有轻雷。

119

作者简介

　　韦庄(公元 836—公元 910 年),字端己,长安杜陵(今属陕西长安县)人,昭宗乾宁元年进士,年轻时生活放荡,后入蜀为王建掌书记,王建为前蜀皇帝,遂任命他为宰相。其诗词都很有名,长诗《秦妇吟》反映战乱中妇女的不幸遭遇,在当时负盛名,但诗中对黄巢农民起义军多有诋毁。所作词语言清丽温婉,多用白描手法,写闺情离愁和游乐生活,情凝词中,读之始化,以至弥漫充溢于脏腑。端己的闺情词亦写得非常出色,词语与闺中之美人浑然融于一体,见词尤见人,词音即人语,可谓风韵臻于极致矣。其与温庭筠同为花间派的重要词人。词结有《浣花词》。

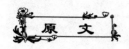

台　城①

江雨霏霏江草齐，六朝如梦鸟空啼。

无情最是台城柳，依旧烟笼十里堤。

①台城：旧址在今南京市鸡鸣山南，本是三国时代吴国的后苑城，东晋成帝时改建。从东晋到南朝结束，这里一直是朝廷台省（中央政府）和皇宫所在地，既是政治中枢，又是帝王荒淫享乐的场所。中唐时期，昔日繁华的台城已是"万户千门成野草"；到了唐末，这里就更荒废不堪了。

这是一首凭吊六朝古迹的诗。

吊古诗多触景生情,借景寄慨,写得比较虚。这首诗则比同类作品更空灵蕴藉。它从头到尾采取侧面烘托的手法,着意造成一种梦幻式的情调气氛,让读者透过这层隐约的感情帷幕去体味作者的感慨。这是一个值得注意的特点。

起句不正面描绘台城,而是着意渲染氛围。金陵滨江,故说"江雨""江草"。江南的春雨,密而且细,在霏霏雨丝中,四望迷蒙,如烟笼雾罩,给人以如梦似幻之感。暮春三月,江南草长,碧绿如茵,又显出自然界的生机。这景色即具有江南风物特有的轻柔婉丽,又容易勾起人们的迷惘惆怅。这就为下一句抒情作了准备。

"六朝如梦鸟空啼"。从首句描绘江南烟雨到次句的六朝如梦,跳跃很大,乍读似不相属。其实不仅"江雨霏霏"的氛围已暗逗"梦"字,而且在霏霏江雨、如茵碧草之间就隐藏着一座已经荒凉破败的台城。鸟啼草绿,春色常在,而曾经在台城追欢逐乐的六朝统治者却早已成为历史上来去匆匆的过客,豪华壮丽的台城也成了供人凭吊的历史遗迹。从东吴到陈,三百多年间,六个短促的王朝一个接一个地衰败覆亡,变幻之速,本来就给人以如梦之感;再加上自然与人事的对照,更加深了"六朝如梦"的感慨。"台城六代竞豪华",但眼前这一切已荡然无存,只有不解人世沧桑、历史兴衰的鸟儿在发出欢快的啼鸣。"鸟空啼"的"空",即"隔叶黄鹂空好音"(杜甫《蜀相》)的"空",它从人们对鸟啼的特殊感受中进一步烘托出"梦"字,寓慨很深。

"无情最是台城柳,依旧烟笼十里堤。"杨柳是春天的标志。在春风中摇荡的杨柳,总是给人以欣欣向荣之感,让人想起繁荣兴茂的局面。当年十里长堤,杨柳堆烟,曾经是台城繁华景象的点缀;如今,台城已经是"万户千门成野草",而台城柳色,却"依旧烟笼十里堤。"这繁荣茂盛的自然景色和荒凉破败的历史遗迹,终古如斯的长堤烟柳和转瞬即逝的六代豪华的鲜明对比,对于一个身处末世、怀着亡国之忧的诗人来说,该是多么令人触目惊心! 而台城堤柳,却既不管人间兴亡,也不管面对它的诗人会引起多少今昔盛衰之感,所以说它"无情"。说柳"无情",正透露出人的无限伤痛。"依旧"二字,深寓历史沧桑之慨。它暗示了一个腐败的时代的消逝,也预示历史的重演。堤柳堆烟,本来就易触发往事如烟的感慨,加以它在诗歌中又常常被用作抒写兴亡之感的凭藉,所以诗人因堤柳引起的感慨也就特别强烈。"无情""依旧",通贯全篇写景,兼包江雨、江草、啼鸟与堤柳;"最是"二字,则突出强调了堤柳的"无情"和诗人的感伤怅惘。

诗人凭吊台城古迹,回顾六朝旧事,免不了有今之视昔,亦犹后之视今之感。亡国的不祥预感,在写这首诗时是萦绕在诗人心头的。如果说李益的《汴河曲》在"行人莫上长堤望,风起杨花愁杀人"的强烈感喟中还蕴含着避免重演亡隋故事的愿望,那么本篇则在如梦似幻的气氛中流露了浓重的伤感情绪,这正是唐王朝覆亡之势已成,重演六朝悲剧已不可免的现实在吊古诗中的一种折光反映。

这首诗以自然景物的"依旧"暗示人世的沧桑,以物的"无情"反托人的伤痛,而在历史感慨之中即暗寓伤今之意。思想情绪虽不免有些消极,但这种虚处传神的艺术表现手法,仍可以借鉴。

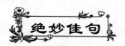

江雨霏霏江草齐,六朝如梦鸟空啼。

作者简介

　　崔道融,生卒年诗考。唐代诗人。自号东瓯散人。荆州江陵
人。乾宁二年(公元895年)前后,任永嘉县令,后入朝为右补阙,
不久因避战乱入闽。擅长作诗,与司空图、方干结为诗友。存诗
80首,皆为绝句。其中一些作品较有社会意义。

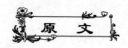

溪上遇雨

坐看黑云衔猛雨①，喷洒前山此独晴。

忽惊云雨在头上，却是山前晚照②明。

①衔猛雨：这是形象的比喻，把猛雨比作在黑云嘴里衔着。这样第二句中的"喷洒"就显得自然了。

②晚照：指傍晚的太阳斜照。

诗中雨

125

唐诗中写景通常不离抒情,而且多为抒情而设。即使纯乎写景,也渗透着作者的主观感情,写景即其心境的反光和折射;或者用着比兴,别有寄托。而这首写景诗不同于一般唐诗。它是咏夏天的骤雨,你既不能从中觅得何种寓意,又不能视为作者心境的写照。因为他实在是为写雨而写雨。从一种自然现象的观察玩味中发现某种奇特情趣,乃是宋人在诗歌"小结裹"方面的许多发明之一,南宋杨诚斋(万里)最擅此。而这首《溪上遇雨》居然是早于诚斋二三百年的"诚斋体"。

再从诗的艺术手法看,它既不合唐诗通常的含蓄蕴藉的表现手法,也没有通常写景虚实相生较简括的笔法。它的写法可用八个字概尽:穷形尽相,快心露骨。

夏雨有夏雨的特点:来速疾,来势猛,雨脚不定。这几点都被诗人准确抓住,表现于笔下。急雨才在前山,忽焉已至溪上,叫人避之不及,其来何快!以"坐看"从容起,而用"忽惊""却是"作跌宕转折,写出夏雨的疾骤。而一"衔"一"喷",不但把黑云拟人化了(它像在撒泼、顽皮),形象生动,而且写出了雨的力度,具有一种猛烈浇注感。写云曰"黑",写雨曰"猛",均穷极形容。一忽儿东边日头西边雨,一忽儿西边日头东边雨,又写出由于雨脚转移迅速造成的一种自然奇观。这还不够,诗人还通过"遇雨"者表情的变化,先是"坐看",继而"忽惊",侧面烘托出夏雨的瞬息变化难以意料。通篇思路敏捷灵活,用笔新鲜活跳,措辞尖新,令人可喜可愕,深得夏雨之趣。

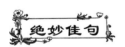

忽惊云雨在头上,却是山前晚照明。

文学常识丛书

作者简介

韩偓(公元 844—公元 923 年),字致尧,小名冬郎,号玉樵山人,京兆万年(今陕西西安)人。唐末诗人。其父韩瞻与李商隐联襟,韩偓幼年即席赋诗,李商隐即有"雏凤清于老凤声"之称赏。历任左拾遗、左谏议大夫、翰林学士、中书舍人、兵部侍郎等职。曾与宰相崔胤定计诛宦官刘季述,深为昭宗信任,屡欲拜相,偓固辞之。朱温专权,恨偓不附己,贬濮州司马,再贬荣懿尉,迁邓州司马。后召复原官,偓不敢入朝,举家入闽依王审知而终。

效崔国辅①体四首

淡月照中庭,海棠花自落。
独立俯闲阶,风动秋千索。

酒力滋睡眸,卤莽闻街鼓。
欲明天更寒,东风打窗雨。

雨后碧苔院,霜来红叶楼。
闲阶上斜日,鹦鹉伴人愁。

罗幕生春寒,绣窗愁未眠。
南湖一夜雨,应湿采莲船。

①崔国辅:盛唐诗人,开元十四年(公元726年)进士,曾官许昌县令、集贤院直学士、礼部郎中,天宝中坐事贬竟陵郡司马。他以擅长写五言绝句著称,《全唐诗》录存其诗一卷,半数以上是五绝。清管世铭《读雪山房唐诗钞凡例》云:"专工五言小诗自崔国辅始,篇篇有乐府遗意。"乔亿《剑溪说诗》也说:"五言绝句,工古体者自工、谢朓、何逊尚矣,唐之李白、王维、韦应物可证也。唯崔国辅自齐梁乐府中来,不当以此论列。"可见唐代五言绝句的来源有二:一是汉魏古诗,一是南朝乐府。崔国辅的五绝正是从乐府诗中《子夜歌》《读曲歌》等一脉承传下来的,多写儿女情思,风格自然清新而又婉转多姿,柔曼可歌,形成了独特的诗体。

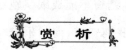

赏 析

这一组小诗题作"效崔国辅体",在《香奁集》里别具一格。

韩偓的这几首诗仿作,以唐人诗中习见的"闺怨"为主题,而写来特别富于诗情画意。第一首写春夜庭院的情景。淡淡的月色映照庭中,海棠花悄然谢落,春天又该过去了。女主人公孤零零地伫立在窗口,俯视着屋前的台阶,也许是盼望着有人归来吧,可阶石上一片空荡荡,不见人迹,只有风儿摆弄着院子里的秋千索,不时传来一阵叮咚声响。整个画面是那么幽静寂寥,末了一个镜头以动衬静,更增强了诗篇的清冷气氛;而闺中人的幽怨心理,也就在这气氛的烘托下显现出来了。

第二首的场景转入黎明前的室内。主人公已经睡下了。或许是担心夜晚失眠吧,睡觉前特地喝了一点酒,酒力滋生了睡意,终于朦朦胧胧地进入梦乡。可是睡得并不安稳,不多久又被依稀传来的街鼓声惊醒了。这时已到了天将破晓的时分,身上感受到黎明前的寒意,耳中倾听着东风吹雨敲打窗户的声音。和前一首略有不同的是,本篇不注重于画面物象的组合,而更多着力于人的主观感受的渲染,从各种感觉心理的描绘中,传达出人物的索寞与凄苦的情怀。

第三首则一跃而到了秋日午后。刚下过一阵秋雨,院子里长满碧苔,经霜的红叶散落在楼前,这一片彩色缤纷的图景却透露出某种荒芜的气息。主人公依然面对空无人迹的石阶,凝望着西斜的日影渐渐爬上阶来。这悠悠不绝的愁绪可怎样排遣呀!只有庭中鹦鹉学人言语,仿佛在替人分担忧思。因为是写白天的景物,图像比较明晰,色彩也很鲜丽,但仍然无损于诗篇婉曲凄清的情味。尤其"闲阶上斜日"一个细节,把闺中人那种长久期待而又渺茫空虚的心理,反映得何等深刻入神!

最后一首又转移至深夜闺中,时令大约在暮春。由于下了一夜的雨,暮春的寒气透过帘幕传入室内,而我们的主人公却独倚绣窗不能成眠。她想的是:南湖上的采莲船该被夜晚的雨水打湿了吧。我们知道,南朝乐府民歌的一种特殊表现手法,是喜欢运用谐音双关语来喻指爱情。"采莲"的形象在乐府民歌中经常出现,如《读曲歌》里的一首:"种莲长江边,藕生黄蘖浦。必得莲子时,流离经辛苦",就是借有关莲藕的双关隐语("莲"谐音"怜",爱的意思;"藕"谐音"偶",成双配对的意思)来表示爱情的获得需经过曲折辛苦的磨炼。因此,韩偓诗中的"采莲",也应该是爱情的象征。女主人公想象采莲船的遭遇,也就是影射自己的爱情经历。在耿耿不寐的长夜里,回想自己的爱情生活,该有多少话要倾诉?而诗人却借用了乐府诗的传统手法,把复杂的思想感情融铸在雨湿采莲船这一单纯的形象中,读来别有一种简古深永的韵趣。

四首小诗合成一组,时间由夜晚至天明再到晚上,节令由春经秋又返回暮春,结构形式上的若断若续,正好概括反映了主人公一年四季的朝朝暮暮。不同的情景画面,而又贯串着共同的情思,有如统一主旋律下的各

种乐曲变奏,丰富了诗歌的形象。通篇语言朴素明丽,风姿天然,不像《香奁集》里其他一些作品的注重工巧藻绘,显示了仿效崔国辅体和乐府民歌的痕迹。但比较缺少明朗活泼的格调,而偏重于发展崔国辅诗中婉曲含蓄的一面,则又打上晚唐时代以及韩偓个人风格的烙印。

　　南湖一夜雨,应湿采莲船。

作者简介

　　王驾(公元 851 年—?),字大用,河东人。大顺元年登进士
第,仕至礼部员外郎,自号守素先生。中过进士,官做到礼部员外
郎。他是晚唐有名的诗人。

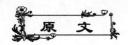
雨　晴①

雨前初见花间蕊②，雨后全无叶底花。

蜂蝶纷纷过墙去，却疑春色③在邻家。

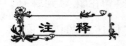

诗中雨

　　①"雨前初见花间蕊,雨后全无叶底花。蝴蝶飞来过墙去,应疑春色在邻家",这是王驾写的《晴景》,王安石改后两句为"蜂蝶纷纷过墙去,却疑春色在邻家",除了易"蝴"为"蜂",易"应"为"却"之外,炼字的关键就在于去"飞来"而改为"纷纷",因为只有蜂忙蝶乱的侧写妙笔,才能令人动情地表现出晚春雨后特有的美景。因此就有了现在的《雨晴》。

　　②花间蕊:指刚开的花朵。蕊,花心。

　　③春色:春天的景色,特点是百花开放、姹紫嫣红。

133

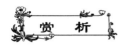

　　这首即兴小诗,写雨后漫步小园所见的残春之景。诗中摄取的景物很简单,也很平常,但平中见奇,饶有诗趣。

　　诗的前两句扣住象征春色的"花"字,以"雨前"所见和"雨后"情景相对比、映衬,吐露出一片惜春之情。雨前,春天刚刚降临,花才吐出骨朵儿,尚未开放;而雨后,花事已了,只剩下满树绿叶了,说明这场雨下得多么久,好端端的花光春色,被这一场苦雨给闹杀了。诗人望着花落春残的小园之景,是多么扫兴而生感喟啊!

　　扫兴的不光是诗人,还有那蜜蜂和蝴蝶。诗的下两句由花写到蜂蝶。被苦雨久困的蜂蝶,好不容易盼到大好的春晴天气,它们怀着和诗人同样高兴的心情,翩翩飞到小园中来,满以为可以在花丛中饱餐春色,不料扑了空,小园无花空有叶;它们也像诗人一样大失所望,懊丧地纷纷飞过院墙而去。花落了,蜂蝶也纷纷离开了,小园岂不显得更加冷落,诗人的心岂不更加怅惘!望着"纷纷过墙去"的蜂蝶,满怀着惜春之情的诗人,刹那间产生出一种奇妙的联想:"却疑春色在邻家"。院墙那边是邻家,诗人想得似乎真实有据;但一墙之隔的邻家小园,自然不会得天独厚,诗人想得又是多么天真烂漫;毕竟墙高遮住视线,不能十分肯定,故诗人只说"疑""疑"字极有分寸,格外增加了真实感。这两句诗,不仅把蜜蜂、蝴蝶追逐春色的神态,写得活灵活现,更把"春色"写活了,似乎"阳春"真的"有脚",她不住自家小园,偏偏跑到邻家,她是多么调皮、多么会捉弄人啊!

　　"却疑春色在邻家",可谓"神来之笔",造语奇峰突起,令人顿时耳目一新。这一句乃是全篇精髓,起了点铁成金的作用,经它点化,小园、蜂蝶、春色,一齐焕发出异样神采,妙趣横生。古人谓"诗贵活句"(吴乔《围炉诗话》),就是指这种最能表达诗人独特感受的新鲜生动的诗句吧。

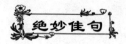

绝妙佳句

雨前初见花间蕊,雨后全无叶底花。

135

作者简介

　　翁宏，字大举，桂岭（今广西贺县）人。常寓居韶、贺间，不仕进。与廖融为诗友。

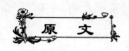

春 残

又是春残也,如何出翠帏?
落花人独立,微雨燕双飞^①。
寓目魂将断,经年梦亦非。
那堪向愁夕,萧飒暮蝉辉。

①落花人独立,微雨燕双飞:北宋词人晏几道名篇《临江仙》中,创造性地借用了翁宏这两句诗,他写道:"梦后楼台高锁,酒醒帘幕低垂。去年春恨却来时。落花人独立,微雨燕双飞。记得小苹初见,两重心字罗衣。琵琶弦上说相思。当时明月在,曾照彩云归。"而这两句恰恰是词中的精华所在,成了谭献誉为"千古不能有二"的"名句"。

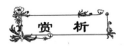

翁宏存诗仅三首,这首《春残》有绝妙佳句,流传于世。

诗写女子春末怀人。首句点题,写来不拘一格。一句中,"又"字开头,"也"字结尾,连用一个副词和一个语气词,这在诗中是不多见的。然而作者用得很自然,使起句突兀,加强了语气,强化了诗中女主人公的哀怨之情,并有笼盖全篇的作用,算得上写法的出新。"又"字还与下面的"经年"相应,暗示这女子与情人离别,正是去年此时,故对物候变化特别敏感。第二句"如何出翠帏""如何",有不堪的意思。联系第一句看,这位女子正是在去年此时此地,经受着别离的苦痛。时隔一年,记忆犹新,而且,现在还是在这一时间和这一地点,她怎敢再身临其境,重新经受这样的苦痛呢!所以说不敢出翠帏。再联系下联看,不敢出来实际上还是出来了,人在极端苦闷的时候,往往就是处在这样的自我矛盾中。这又活画出了这位女子梦魂牵惹、如痴似醉的神态,从而烘托出她的思念之情是如何的镂心刻骨。

以下几联均写其院中所见所感。主要是说她如何触景伤怀,忧思难解,但反复抒写,意多重复,用语平常。唯独第二联两句,融情入景,写得工丽自然,不失为精彩之笔。

"落花人独立,微雨燕双飞"。既是春残,自然落花无数,而无数落花又很容易引起人们韶华易逝、青春难再之感。现在,这位女子,正当芳龄,却独立庭院,青春在消逝,欢娱难为继,她的命运和这春残的落花,不是一模一样吗!作者将落花与思妇互相映衬,倍觉凄然。暮春天气,微雨蒙蒙,给人的感觉本是抑郁沉闷的,何况是心事重重、愁思郁积的女子呢!偏偏在这时,一双不知趣的燕子,在细雨中穿去穿来,显出很自得的样子,这就使她更加难堪了。燕子无知,尚能比翼双飞;人属多情,只能黯然独立,此情此景,怎堪忍受!诗人以燕双飞反衬人独立,把女子的内心愁苦之情推到了顶点。花、雨、人、燕，本是纯粹的"景语"，作者通过映衬、反衬，融情入景，把它们连缀成一幅和谐统一的艺术画面，从而烘托出诗中女子忧思难解的内心世界，使"景语"完全变成了"情语"。这两句写得细腻深刻而委婉含蓄，对偶工丽而无雕琢之嫌，堪称佳句。

诗中雨

绝妙佳句

落花人独立,微雨燕双飞。

文学常识丛书

作者简介

谭用之，字藏用，五代末人。善为诗，而官不达。存诗一卷。

诗中雨

141

秋宿湘江遇雨

湘上阴云锁梦魂,江边深夜舞刘琨。

秋风万里芙蓉①国,暮雨千家薜荔②村。

乡思不堪悲橘柚,旅游谁肯重王孙③。

渔人相见不相问,长笛一声归岛门。

①芙蓉:这里指木芙蓉。木芙蓉高者可达数丈,花繁盛,有白、黄、淡红数色。颇为淡雅素美。

②薜荔:是一种蔓生的常绿灌木,多生田野间。

③王孙:本指隐者,汉淮南小山作《楚辞·招隐士》,希望潜居山中的贤士归来,有云:"王孙游兮不归,春草生兮萋萋""王孙兮归来,山中兮不可以久留"。后也借指游子。这里是诗人以王孙自比。

谭用之很有才气,抱负不凡。然而,仕途的困踬,使他常有怀才不遇之叹。这首七律,即借湘江秋雨的苍茫景色抒发其慷慨不平之气,写来情景相生,意境开阔。

"湘上阴云锁梦魂",起笔即交代了泊船湘江的特定处境:滚滚湘江,阴云笼罩,暮雨将临,孤舟受阻。寥寥数字,勾勒出壮阔的画面,烘染出沉重的气氛。"锁梦魂",巧点一个"宿"字,也透露出诗人因行游受阻而不无怅然之感。但心郁闷而志不颓,面对滔滔湘水,更加壮怀激烈,所以第二句即抒写其雄心壮志。作者选用刘琨舞剑的典故入诗,表现了他干时济世的远大抱负。就文势看,这一句格调高昂,一扫首句所含之怅惘情绪,犹如在舒缓低沉的旋律中,突然奏出了高亢激越的音符,令人感奋。

二联两句正面写湘江秋雨,缴足题面。湘江沿岸,到处生长着木芙蓉,铺天盖地,高大挺拔,那丛丛簇簇的繁花,在秋雨迷蒙中经秋风吹拂,犹如五彩云霞在飘舞;辽阔的原野上,到处丛生着薜荔,那碧绿的枝藤,经秋雨一洗,越发苍翠可爱、摇曳多姿。诗人为这美景所陶醉,喜悦、赞赏之情油然而生。"芙蓉国""薜荔村",以极言芙蓉之盛,薜荔之多,又兼以"万里""千家"极度夸张之词加以渲染,更烘托出气象的高远、境界的壮阔。于尺幅之中写尽千里之景,为湖南的壮丽山河,绘出了雄奇壮美的图画。后人称湖南为芙蓉国,其源盖出于此。

诗的第三联着重于抒情。"悲橘柚",是说橘柚引起了诗人的悲叹。为什么呢?原来橘柚是南方特产,其味甘美,相传"逾淮北而为枳",枳则味酸。同是橘柚,由于生长之地不同而命运迥异,故《淮南子》说"橘柚有乡"。湘江一带,正是橘柚之乡。诗人看见那累累硕果,不禁触景生情,羡慕其适得其所,而悲叹自己远离家乡、生不逢时,深感自己的境遇竟和那远离江南生长在淮北的枳相像,所以说:"乡思不堪悲橘柚"。诗人游宦他乡,羁旅湘江,虽抱济世之志,终感报国无门,就和那被遗弃的山野之人一样,无人看重,所以说,"旅游谁肯重王孙"。这两句从乡思难遣说到仕途不遇,一从橘柚见意,一能巧用典故,一为直书,一为反诘,波澜起伏,跌宕有致,在壮烈情怀中寄寓着愤慨与忧伤。联系上联来看,写景抒情虽各有侧重,但情因景生,景以情合,二

诗中雨

143

者是相互融浃的。上联写万里江天,极其阔大,这里写孤舟漂泊,又见出诗人处境的狭窄。一阔一狭,互为映衬。境界的阔大壮美,既激发起作者的豪情壮志,也自然地触动了诗人的身世之感和故国之思,情和景就是这样有机地联系、交融起来了。

末联以景结情,意在言外。湘江沿岸,正是屈原足迹所到之处。《楚辞·渔父》有云:"屈原既放,游于江潭,行吟泽畔,颜色憔悴,形容枯槁。渔父见而问之曰:'子非三闾大夫与?……'"屈原身处逆境,尚有一渔父与之对话;而现在诗人所遇到的情况却是"渔人相见不相问,长笛一声归岛门"。渔人看见他竟不与言语,自管吹着长笛回岛去了。全诗到此戛然而止,诗人不被理解的悲愤郁闷,壮志难酬的慷慨不平,都一一包含其中。以此终篇,激愤不已。笛声,风雨声,哗哗的江水声,诗人的叹息声……组成一曲雄浑悲壮的交响乐,余音袅袅,不绝如缕。

秋风万里芙蓉国,暮雨千家薜荔村。

作者简介

　　苏舜钦(1008—1048年)字子美,开封(今属河南)人,当过县令、大理评事、集贤殿校理,据说因接近主张改革的政治家,被人借故诬陷,罢职闲居苏州。后来复起为湖州长史,但不久就病故了。他与梅尧臣齐名,人称"梅苏"。有《苏学士文集》。

淮中晚泊犊头①

春阴垂野草青青,时有幽花②一树明。

晚泊孤舟古祠③下,满川风雨看潮生。

①犊头:淮河边上一个地名,地点不详。

②幽花:野花。

③古祠:古庙。

赏 析

　　这首小诗题为"晚泊犊头",内容却从日间行船写起,后两句才是停滞不前船过夜的情景。

　　诗人叙述中所见的景象说:春云布满天空,灰蒙蒙地笼罩着淮河两岸的原野,原野上草色青青,与空中阴云上下相映。这样阴暗的天气、单调的景色,是会叫远行的旅人感到乏味。幸而,岸边不时有一树野花闪现出来,红的,黄的,白的,在眼前豁然一亮,那鲜明的影像便印在你的心田。

　　阴云、青草、照眼的野花,自然都是白天的景色,但说是船行所见,何以见得呢?这就是"时有幽花一树明"那个"时"字的作用了。时有,就是时时有,不时地有。野花不是飞鸟,不是走兽,怎么能够一会儿一树,一会儿又一树,不时地来到眼前供人欣赏呢?这不就是所谓"移步换形"的现象,表明诗人在乘船看花吗?

　　天阴得沉,黑得快,又起了风,眼看就会下雨,要赶到前方的码头是不可能的了,诗人决定将船靠岸,在一座古庙下抛锚过夜。果然不出所料,这一夜风大雨也大,呼呼的风挟着潇潇的雨,飘洒在河面上,有声有势;河里的水眼在船底迅猛上涨,上游的春潮正龙吟虎啸,奔涌而来。诗人呢?诗人早已系舟登岸,稳坐在古庙之中了。这样安安闲闲,静观外面风雨春潮的水上夜景,岂不是很快意的吗?

　　我们欣赏这首绝句,需要注意抒情主人公和景物之间动静关系的变化。日间船行水上,人在动态之中,岸边的野草幽花是静止的;夜里船泊犊头,人是静止的了,风雨潮水却是动荡不息的。这种动中观静,静中观动的艺术构思,使诗人与外界景物始终保持相当的距离,从而显示了一种悠闲、从容、超然物外的心境和风度。

诗中雨

147

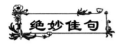

绝妙佳句

晚泊孤舟古祠下,满川风雨看潮生。

作者简介

　　苏轼(1037—1101年),字子瞻,号东坡居士,四川眉山人。北宋著名文学家、书画家。诗词开豪放一派,为唐宋八大家之一。苏轼少负才名,博通经史。宋嘉祐二年(1057年)进士,曾官礼部尚书,翰林学士等职。他一生坎坷,多次被贬官放逐。他在宋神宗时曾受重用,然因新旧党争,屡遭贬抑,出任杭州、密州、涂州、湖州等地方官;又因作诗"讪谤朝政",被人构陷入狱。出狱后贬黄州。此后几经起落,再贬惠州、琼州,一直远放到儋州(今海南儋县),从此随缘自适,过着读书作画的晚年生活。直到元符三年(1100年)宋徽宗即位,他才遇赦北归。建中靖国元年(1101年)七月死于常州。苏轼为人正直、性旷达,才华横溢,诗词文赋而外,对书画也很擅长,同蔡襄、黄庭坚、米芾并称"宋四家"。

饮湖①上初晴后雨

水光潋滟②晴方好③,山色空蒙④雨亦奇。

欲把西湖比西子⑤,淡妆浓抹总相宜⑥。

①湖:杭州西湖。

②潋滟:水波流动的样子。

③方好:才显得美丽。

④空蒙:烟雨茫茫的样子。

⑤西子:西施,春秋末期越国的绝代美女。

⑥相宜:合适。

赏　析

　　苏轼在杭州做官,陶醉于江南山水,写了大量的山水诗。这是其中最为人所传颂称绝的一首。作者先写实,西湖晴天,日照湖水,水映日光,碧波荡漾,一片浩茫无边、开阔艳丽的水乡景象,令人心旷神怡。西湖雨天,烟雨缭绕,山色如蒙如薄纱,风姿绰约,更有令人意想不到的奇景。在这两种不同的景观中,作者分别突出写水与山,把西湖山水的独特之美展现在我们眼前。最后,诗人笔锋一转,把西湖与美女西施联系在一起,将西湖在不同的天气所呈现出的奇美与西施淡妆浓抹总相宜的神韵相提并论,出人意外,而又极其贴切生动。全诗语浅意明,给人以朴实平易之感。

　　水光潋滟晴方好,山色空蒙雨亦奇。

诗中雨

151

望湖楼醉书①

黑云翻墨②未遮山,白雨跳珠③乱入船④。

卷地风来忽吹散,望湖楼下水如天⑤。

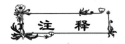

①醉书:带着酒意写下的(诗)。

②黑云翻墨:形容阴云浓黑,像倒翻了的墨汁。

③白雨跳珠:白色的雨点像蹦跳的珍珠。

④乱入船:形容雨点下得很急,乱蹦乱跳地落在船上。

⑤水如天:水面像明净的蓝天。

文学常识丛书

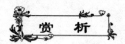

赏　析

　　这首诗描写了夏日西湖上一场来去匆匆的暴雨。夏天的西湖,忽而阴,忽而晴,忽而风,忽而雨,千姿百态,分外迷人。这首小诗就是描写乍雨还晴、风云变幻的西湖景象的。前两句写云、雨:墨汁一般的浓云黑压压汹涌翻腾而来,还没来得及遮住湖边的山峦,就在湖上落下白花花的大雨,雨脚敲打着湖面,水花飞溅,宛如无数颗晶莹的珍珠,乱纷纷跳进游人的船舱。"黑云翻墨"和"白雨跳珠",两个形象的比喻,既写出天气骤然变化时的紧张气氛,也烘托了诗人舟中赏雨的喜悦心情。第三句写风:猛然间,狂风席卷大地,吹得湖面上霎时雨散云飞。"忽"字用得十分轻巧,却突出天色变化之快,显示了风的巨大威力。最后一句写天和水:雨过天晴,风平浪息,诗人舍船登楼,凭栏而望,只见湖面上天入水,水映天,水色和天光一样的明净,一色的蔚蓝。风呢?云呢?统统不知哪儿去了,方才的一切好像全都不曾发生似的。诗人先在船中,后在楼头,迅速捕捉住湖上急剧变化的自然景物:云翻、雨泻、风卷、天晴,写得有远有近,有动有静,有声有色,有景有情。读起来,你会油然产生一种身临其境的感觉——仿佛自己也在湖心经历了一场突然来去的阵雨,又来到望湖楼头观赏那水天一色的美丽风光。

　　黑云翻墨未遮山,白雨跳珠乱入船。

有美堂①暴雨

游人脚底一声雷,满座顽云②拨不开。

天外黑风吹海立,浙东飞雨过江来。

十分潋滟③金樽凸④,千杖敲铿⑤羯鼓⑥催。

唤起谪仙⑦泉洒面,倒倾鲛室⑧泻琼瑰⑨。

①有美堂:嘉祐二年(1057年),梅挚出知杭州,仁宗皇帝亲自赋诗送行,中有"地有吴山美,东南第一州"之句。梅到杭州后,就在吴山顶上建有美堂以见荣宠。欧阳修曾为他作《有美堂记》。

②顽云:犹浓云。

③潋滟:水波相连貌。

④凸:高出。

⑤敲铿:啄木鸟啄木声,这里借指打鼓声。

⑥羯鼓:羯族传入的一种鼓。

⑦谪仙:被贬谪下凡的仙人,指李白。贺知章曾赞美他为谪仙人。唐玄宗曾谱新曲,召李白作词。白已醉,以水洒面,使之清醒后,即时写了多篇。

⑧鲛室:神话中海中鲛人所居之处,这里指海。

⑨琼瑰：玉石。

赏　析

　　东坡词"自是一家"，以豪放为其特征。苏轼诗其实也直追李白，不乏豪放雄奇之作，《有美堂暴雨》即为一例。《瓯北诗话》载："坡诗有云：'清诗要锻炼，方得铅中银'。然坡诗实不以锻炼为工，其妙处在乎心地空明，自然流出，一似全不着力而自然沁人心脾，此其独绝也。"读《有美堂暴雨》，直觉诗声如钟吕，天风海雨逼人，景象超迈，诗句如涌泉汩汩流淌，称心而出，无丝毫雕琢痕迹。

　　此诗作于熙宁六年（1073年），苏轼通判杭州时。杭州乃山水胜地，尤以西湖闻名天下。西湖东南角有吴山，地势高敞，濒临湖水，山不高而秀。山上之"有美堂"，为杭州太守梅挚于嘉祐二年所建。熙宁六年初秋，苏轼饮于有美堂，忽遇暴雨，即兴写下这首七言律诗。

　　首联先写暴雨将至。一声霹雳，忽如其来，犹如在脚下响起，转眼间，乌云密布，挥洒不去，大有黑云压座堂欲摧之势。此联起笔雄壮，突兀而来，渲染出初秋时节，暴雨忽至的惊人气势。颔联写暴雨倏忽倾泻。"天外"，犹言极远；"黑风"，承上联写云黑风狂，霎时间天昏地暗，写出暴雨倾盆时天地失色的骇人情景；"吹海立"，以想象夸张的手法描述怒水狂涛如山壁耸立的景象。对句"浙东飞雨过江来"，与出句情景相合，形神俱工。狂风挟着暴雨越江而来，与出句所绘景象构成一幅风云际会、骤雨狂涛的天地奇观。苏轼此联极尽夸张想象之能事，景象阔大，前人评其"壮哉"！

　　前两联写雨，由远及近。颈联则状眼前之景。有美堂下的西湖此刻是怎样一幅情景呢？苏轼以其妙思奇想，与海、天相较，极言其小，将西湖喻为一只"金樽"，水波激滟，大雨倾盆，金樽如满盛琼浆。一"凸"字，形象地刻画出"金樽"水满将溢未溢之状,从侧面烘托了雨势。遥中西湖坦荡的水面,苏轼又将其想象成一只巨大的羊皮鼓,那密密麻麻的雨柱犹如千万支鼓槌,无数鼓槌交替疾下,铿锵不绝,真可震天动地。滂沱的大雨、澎湃的雨声,通过这一比喻被渲染得淋漓尽致。

尾联进一步写雨。前三联大手笔铺排,正面写雨已势所不能,而苏轼意犹未尽,于是另辟蹊径。此联出句用典,说李白醉中赋诗事。《国史补》载:"白在翰林,多沉饮,玄宗令撰乐词,醉不可待,以水沃之,白稍能动,索笔一挥十数章,文不加点。""唤起谪仙泉洒面",意谓这场暴雨就是洒向李白令其醒酒的泉水,这只是字面义。对句述异,引用《述异记》载:"南海中有鲛人室,水居如鱼,不废机织。其眼能泣,泣则出珠。""倒倾鲛室泻琼瑰",意谓这倾注不息的大雨就是倾倒鲛室而滚出的粒粒珍珠。此联应为整体比喻,苏轼以李白自喻,李白经泉水浇洒而赋乐词,苏轼则因暴雨倾盆而激发灵感,像李白一样泼墨挥毫,即兴写下了珠玉般壮美的诗篇。此联语含双关,正面写雨,暗里却表现了苏轼遇雨而触发诗情的兴奋自得的情怀。

这首诗是苏轼诗作中的名篇,前人评价甚高,以为"大手。如此才力,何必唐诗?"

天外黑风吹海立,浙东飞雨过江来。

作者简介

　　黄庭坚(1045—1105年)字鲁直,号山谷道人,后世称他黄山谷,晚号涪翁,洪州分宁(今江西修水)人。北宋诗人、书法家。

寄黄几复①

我居北海君南海②，寄雁传书③谢④不能⑤。

桃李春风一杯酒，江湖夜雨十年⑥灯。

持家⑦但有四壁立，治病不蕲⑧三折肱⑨。

想得读书头已白，隔溪猿哭⑩瘴溪⑪藤。

①黄几复：名介，是作者少年时的旧交。

②北海、南海：当时黄庭坚居山东德平，黄几复居广东四会，都离海不远，故称北海、南海。

③寄雁传书：托雁捎信。

④谢：辞谢。

⑤不能：古时有鸿雁南飞，不过衡阳的传说。

⑥十年：黄庭坚与黄几复于熙宁九年（1076 年）京师欢聚后相别，距写此诗时已近十年。

⑦持家：维持一家生活。

⑧蕲(qí)：求。

⑨肱(gōng)：胳膊。

⑩猿哭：猿啼凄哀，故言哭。

文学常识丛书

⑪瘴溪:瘴气笼罩的溪水旁。

赏　析

　　黄庭坚是苏门四学士之一,诗学杜甫、韩愈,跟从苏轼,曾与苏轼并称为苏黄。其诗学主张"无一字无来处",求奇求硬求新,又喜用典,提倡"点铁成金""脱胎换骨"。死后被尊为江西诗派之祖。此诗是他寄赠好友黄介的,几复为黄介的字。

　　诗的首联为用典,真切表达他与黄介的深情厚谊与相思之苦。《左传》僖公四年中有"君处北海,寡人处南海"句,但此处黄庭坚沿用却与他和黄介的身世巧妙相合,以示天各一方。黄庭坚与黄介为同科进士,此诗作于元丰八年(1085 年),诗人身在山东德州德平任上,故称北海,而黄介为广东四会县知县,故有南海之说。鸿雁传书为常见之典,然而诗人引用它,却用"谢不能"一句使其传出新意,丰富了诗的张力。传说鸿雁只能飞到衡阳并掉头了,而四会更在衡阳之南,连雁传书都做不到,只好辞谢了。

　　黄庭坚一生只做过一些地方下级官吏,而且不断遭贬,在江湖流徙。故颔联承上而起,既写旧时的良辰欢宴之趣,又叙十年寄迹江湖的凄凉寂寞,其中寄寓着诗人人生聚散无常的人生感慨。"桃李春风"与"江湖夜雨",将昔日中进士时的春风得意之饮与后来郁郁不得志而流荡江湖的命运形成强烈对比,道出了人生际遇艰难曲折的感喟,从而深化了此诗的主题。

　　颈联说黄介的处境贫寒,而且又不因官场受挫而接受教训,迎合世俗,故只能安于贫困。"治病不蕲三折肱"仍是用典,《左传》中有"三折肱知为良医"句,意思是一个人折了三次臂膀,就会成为治折肱的良医了。诗人此处引用,表面是说黄介不谙世故,不接受教训,深层意义则是在讽刺官场中的世故圆滑。尾联是诗人对黄介的推想:既然黄介在官场升迁无望,就只能读书到白头了,相伴他的只有隔溪藤萝上悲凄的猿啼声。瘴溪不是准确的地名,而只是指旧时岭南有瘴气的溪水。

此诗虽为寄友之作,但却因诗人与朋友的命运相似而引出了无限的人生体验与感喟,尤其是颔联所创造的意境,既高度概括了诗人与朋友的身世飘零、宦海沉浮的主观感受,又形成了浑化深永的审美意象。"江湖夜雨"既可实指十年流荡江湖的具体生活,又虚指十年凄迷难辨的历程和凄风苦雨的人生遭际。

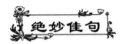
绝妙佳句

桃李春风一杯酒,江湖夜雨十年灯。

作者简介

徐俯(1075—1140 年),字师川,号"东湖居士",洪州分宁(今江西修水)人,黄庭坚外甥。因父死于国事,授通直郎,累官右谏议大夫。绍兴二年(1132 年),赐进士出身。绍兴三年(1133 年),迁翰林学士,擢端明殿学士,签书枢密院事,官至参知政事。后以事提举洞霄宫。工诗词。有《东湖集》,不传。

春 游 湖①

双飞燕子几时回? 夹岸桃花蘸水开。

春雨断桥②人不度, 小舟撑出柳阴来③。

①湖:指杭州西湖。

②断桥:指湖水漫过桥面。

③春雨二句:后南宋末年词人张炎将其融入《南浦·春水》词中云:"荒桥断浦,柳阴撑出扁舟小。"

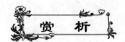

赏 析

这样的小诗,不一定有什么深意,写来却风韵翩翩,给人一种清新的感觉。这首诗在当时就颇为流传,稍后于他的南宋诗人曾经称赞:"解道春江断桥句,旧时闻说徐师川。"师川是徐俯的号。诗人游湖,是早春天气。何以见得?有诗为证。燕子是一种候鸟。它来了,象征着春天的来临。诗人遇上了在田野中忙着衔泥的燕子,马上产生了春天到来的喜悦,不禁突然一问:"双飞的燕子啊,你们是几时回来的?"这一问问得很好,从疑问的语气中表达了当时惊讶和喜悦的心情。

再放开眼界一看,果然春天来了,湖边的桃花盛开,鲜红似锦。蘸,是沾着水面。但桃花不同于柳树,它的枝叶不是丝丝下垂的,怎能蘸水呢?因为春天多雨,湖水上升,距花枝更近了。桃花倒影映在水中,波光荡漾,岸上水中的花枝连成一片,远处望见,仿佛蘸水而开,这景色美极了!然而还没有写出"游"字,突破这个难关,得有巧妙的构思。诗句不能像记叙文那样直接表达,而是应该选出一个画面,用鲜明的形象,使读者理解到确实是春游湖边。诗人在漫长的湖堤上游春,许许多多动人的景色迎面而来,那么选用哪一处最好呢?最后选出来了:就在"春雨断桥"的地方。一条小溪上面,平常架着小木桥。雨后水涨,小桥被淹没,走到这里,就过不去了。"人不度",就是游人不能度过。对称心快意的春游来说,是一个莫大的挫折。可是凑巧得很,柳荫深处,悠悠撑出一只小船来,这就可以租船摆渡,继续游赏了。经过断桥的阻碍,这次春游更富有情趣了。断桥这块地方,集中了矛盾,是春游途中的关键。从前进中遇到阻碍,又在阻碍中得到前进。这个"游"字就在这样的行动中被表现出来了。

这首诗以清新的笔意写出江南水乡特有的风光,破除千篇一律的手法,让千百年来的读者,仿佛也感受到撑出的小船带来的喜悦。

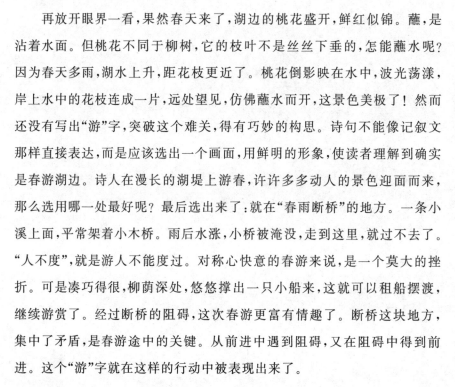

绝妙佳句

春雨断桥人不度,小舟撑出柳阴来。

作者简介

　　陆游(1125—1210年),字务观,号放翁,南宋大诗人。陆游能文能武,坚持抗金救国主张,却遭到当权者的压制,长期没有用武之地。他的许多爱国诗篇,大气磅礴,大义凛然,表现了中华民族的英雄气概,最受青少年的欢迎。

剑门①道中遇微雨

衣上征尘②杂酒痕,远游无处不销魂③。

此身合④是诗人未,细雨骑驴入剑门。

①剑门:名,在四川省剑阁县北。

②征尘:途上的灰尘。

③销魂:神暗淡、感伤。

④合:该。

文学常识丛书

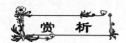

赏 析

剑门关是川北交通要道。当年,陆游奉调从陕南到成都去任新职,路径此地,吟成这首记行小诗。诗人骑着毛驴,风尘仆仆,远道而来。他一路前行,一路饮酒,倒也潇洒自在。只是早行夜宿,衣不动暇洗,满身的尘埃和酒迹,未免不太雅观。今日踏上剑阁古道,阴云密布,细雨蒙蒙,他稳坐驴背,崎崎岖岖,迤迤逦逦,左顾右盼之中,不时吟哦几句,渐渐地,剑门关已经身后,行入剑南来了。

这一番情调,够别致、够浪漫的吧? 所以他不禁要自问该不该算个诗人了。回答无疑是肯定的。因为:自古诗人多饮酒,李白斗酒诗百篇,杜甫酒量不在李白之下。现在,满襟衣的酒痕,正说明自己与"诗仙""诗圣"同一嗜好。骑驴,也是诗人的雅兴,李贺骑驴带小童外出寻诗,不是众所周知的佳话吗? 而今自己"细雨骑驴"入得剑门关来。这样,以诗人自命,真可谓名副其实了。

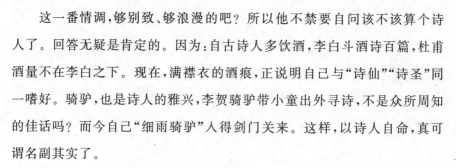

167

但何以又"无处不销魂",黯然神伤呢? 这就涉及陆游的一贯追求和当时处境了。他生于金兵入侵的南宋初年,自幼志在恢复中原,写诗只是他抒写怀抱的一种方式。然而报国无门,年近半百才得以奔赴陕西前线,过上一段"铁马秋风"的军旅生活,现在又要去后方充任闲职,重做纸上谈兵的诗人了。这叫人怎么能甘心呢!

所以,"此身合是诗人未?"并非这位爱国志士的欣然自得,而是他无可奈何的自嘲、自叹。试想,如果不是故作诙谐,谁会把骑驴饮酒认真看作诗人的标志? 亲爱的读者,请透过诗人幽默、潇洒的语调,去触摸他那颗苦痛心灵的震颤吧!

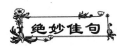

绝妙佳句

此身合是诗人未,细雨骑驴入剑门。

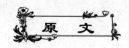

十一月四日风雨大作

僵卧^①孤村不自哀,尚思为国戍轮台^②。

夜阑^③卧听风吹雨,铁马^④冰河入梦来。

①僵卧:躺着不动。

②戍轮台:守卫边疆。轮台,汉代西域地名,现在新疆轮台县。这里泛指北方的边防据点。

③夜阑:夜深。

④铁马:披着铁甲的战马。

诗 中 雨

169

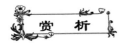

南宋,与杨万里、范成大、尤袤并称"中兴四大诗人"的陆游,在其留传下来的 85 卷《剑南诗稿》中有不少抒发老年情怀的诗作,《十一月四日风雨大作》便是其中的佳构之一。

此诗作于宋光宗绍熙三年(1192 年),时年诗人 67 岁,闲居在故乡山阴(今浙江省绍兴市)。原诗共两首,此处所选的是其中的第二首。与诗人其他的老年诗相比,这首诗在写法上别具一格。其主要特色在于以梦境抒发情怀。写到梦境的诗词,在陆游之前已有不少佳作。李白的诗《梦游天姥吟留别》,描绘的是光怪陆离、异彩纷呈的梦;杜甫的诗《梦李白二首》,摹写的是渗透了诗人与李白形离神合、肝胆相照友谊的梦;苏轼的词《江城子》("十年生死两茫茫"),记叙的是诗人悼念亡妻、寄托哀思的梦。而陆游诗中的梦,大都是爱国之梦。在陆游的《剑南诗稿》中有近百首记梦的诗。清代赵翼《瓯北诗话》卷六曾评陆游诗道:"即如记梦诗,核计全集,共九十九首。人生安得有如许梦! 此必有诗无题,遂托之于梦耳。"此评语认为陆游的诗记梦并非全是写真梦,有的属于托梦咏怀。这是颇有见地的。事实上,陆游的诗记梦,有的是写真梦,而更多的还是托梦咏怀,当然,也不排除二者兼而有之。这首《十一月四日风雨大作》似可视为既写真梦又托梦咏怀之作。

此诗前三句,写梦因。其中包含三个层次。一是梦境产生的前提:"僵卧""夜阑"。俗话说:"日有所思,夜有所梦。"诗人白日忧国忧民,才会在夜阑卧床睡眠中"有所梦",而倘若不是"僵卧",不是"夜阑",就不可能有梦的出现。故"僵卧"与"夜阑"是梦境产生的前提。二是梦境产生的主观因素:"尚思为国戍轮台。"如果诗人没有为国戍边的情怀,就不可能有"铁马冰河入梦来"。三是梦境产生的外界条件:"风吹雨。"可以说,正是有了"风吹雨"这一外界条件,诗人才在似睡非睡、模模糊糊之中生出"铁马冰河"的梦境来。

最后一句,写梦境。与诗人那些通篇记梦的诗作有别,此诗写梦境也独树一帜。全诗由梦因引出"铁马冰河"的梦境之后便戛然而止,给人留下更多联想、想象的空间。人们尽可以据此梦境展开丰富的想象,具体想象诗人当年是如何身披铁甲,手持兵器,骑那披着铁甲的战马驰骋沙场、英勇杀敌,作此诗时他又是如何梦绕神牵"九州同"的。

可见,思想性与艺术性较为完美的统一,使得此诗成为陆游的代表作之一,也成为中国古代包括老年诗在内的所有诗歌的代表作之一。

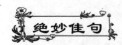

夜阑卧听风吹雨,铁马冰河入梦来。

作者简介

翁卷(生年卒年不详),字灵舒,南宋诗人,作品以精致优美的七言绝句见长。

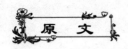

乡村四月

绿遍山原白满川，子规①声里雨如烟。

乡村四月闲人少，才了②蚕桑又插田。

①子规：谷鸟。

②才了：刚做完。

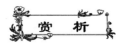

四月的江南,山坡是绿的,原野是绿的,绿的树、绿的草、绿的禾苗,展现在诗人眼前的,是一个绿色主宰的世界。在绿色的原野上河渠纵横交错,一道道洋溢着,流淌着,白茫茫的;那一片片放满水的稻田,也是白茫茫的。举目望去,绿油油的禾田、白茫茫的水,全都笼罩在淡淡的烟雾之中。那是雾吗?烟吗?不,那是如烟似雾的蒙蒙细雨,不时有几声布谷鸟的呼唤从远远近近的树上、空中传来。诗的前两名描写初夏时节江南大地的景色,眼界是广阔的,笔触是细腻的;色调是鲜明的,意境是朦胧的;静动结合,有色有声。"子规声里雨为烟",如烟似雾的细雨好像是被子规的鸣叫唤来,尤其富有境界感。

"乡村四月闲人少,才了蚕桑又插田。"后两句歌咏江南初夏的繁忙农事。采桑养蚕和插稻秧,是关系着衣和食的两大农事,现在正是忙季,家家户户都在忙碌不停。对诗的末句不可看得过实,以为家家都是首先做好采桑喂蚕,有人运苗,有人插秧;有人是先蚕桑后插田,有人是先插田后蚕桑,有人则只忙于其中的一项,少不得有人还要做其他活计。"才了蚕桑又插田",不过是化繁为简,勾画乡村四月农家的忙碌气氛。至于不正面直说人们太忙,却说闲人很少,那是故意说得委婉一些,舒缓一些,为的是在人们一片繁忙紧张之中保持一种从容恬静的气度,而这从容恬静与前两名景物描写的水彩画式的朦胧色调是和谐统一的。

绿遍山原白满川,子规声里雨如烟。

作者简介

何景明(1483—1521年),字仲默,号大复,信阳(今属河南省)人。弘治十五年(1502年)进士,授中书舍人。正德初,宦官刘瑾擅权,何景明谢病归。刘瑾诛,官复原职。官至陕西提学副使。"前七子"之一,与李梦阳并称文坛领袖。其诗取法汉唐,一些诗作颇有现实内容。有《大复集》。

175

亮公房雨后

夕宿①西林院②，萧萧竹树分。

风雷回骤雨，星月度微云。

妄色空中灭，名香静处闻。

早知禅可托，未忍去人群。

注 释

①宿：住宿，过夜，留宿。

②西林院：指西林寺，在庐山。

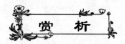

写诗,贵在所选之景与所表之意和所抒之情的相合无间。这首诗是诗人夜宿僧寺,感到神朗气清,有所悟入的一段经历,那风雷一霎,复又星月皎然,微云暗度,一片静谧的景象,正是由红尘中奔波而来的主人公心性得到净化的一种象征,妙在恰是山中实景,丝毫也不勉强,所以才能灭妄色而闻名香。风雷骤雨以比妄色,"空"字一语双关,雷过雨散,天空复归于明净,此为"空中灭";而进一层的意思,则表达了佛家的"色空"观:只有空,才能灭色。这也把形象和理念结合得非常完美。西林寺在庐山,何景明写此诗的时候,一定会想起他的前辈苏轼的名篇《题西林寺壁》:"横看成岭侧成峰,远近高低各不同。不识庐山真面目,只缘身在此山中。"所以他在景物描写中也像苏轼一样,赋予了哲理。另外,诗中描写景象的突然转换,即诗评家所谓"语未了便转",也来自苏轼的启发。如《六月二十七日望湖楼醉书》:"黑云翻墨未遮山,白雨跳珠乱入船。卷地风来忽吹散,望湖楼下水如天。"黑云还未来得及遮山,骤雨已打在船上,忽然又吹来一阵风,将黑云骤雨一并吹散,于是呈现在眼前的,是水天合一,一片宁静。这也正是"风雷回骤雨,星月度微云"二句所表达的效果和意境。

风雷回骤雨,星月度微云。

作者简介

　　王士祯(1634—1711 年)，字贻上，号阮亭，别号渔洋山人，山东新城(今桓台县)人。顺治进士，官至刑部尚书。为清初重要诗人，在钱谦益去世后，为诗坛盟主数十年。论诗提倡"神韵说"，影响甚大。其诗多洒脱自然，富于神韵，尤擅七绝。有《带经堂全集》等。

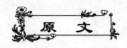

夜雨题寒山寺寄西樵、礼吉①

其一

日暮东塘正落潮，孤篷泊处雨潇潇。

疏钟夜火寒山寺，记过枫桥第几桥？

其二

枫叶萧条水驿空，离居千里怅难同。

十年旧约江南梦，独听寒山半夜钟。

①清代诗人王士禛,有一次来到苏州,舟泊枫桥。当时的寒山寺早已在咸丰十年(1860年)的兵火中灰飞烟灭。这时,夜已昏黑,风雨杂沓。他却穿上屐履,撩起衣袍,掌着灯火,兴冲冲冒雨登岸,与寺门上题诗二首,题曰《夜雨题寒山寺寄西樵、礼吉》,寄托对远方两位弟兄的思念之情。

赏 析

"日暮东塘正落潮,孤篷泊处雨潇潇。疏钟夜火寒山寺,记过枫桥第几桥?"前两句写景,天已黑了,东塘正在落潮,诗人当时来到苏州,夜泊枫桥,形单影只,在一只船上,听外面潇潇雨声。后两句抒情,当时的寒山寺早已在咸丰十年(1860年)的兵火中灰飞烟灭,寒山寺的钟声千古出名,美丽的寒山寺钟声,留给人们多少甜蜜的联想。而今天,明末的战火,早已把寒山寺打得破烂,诗人不禁想起唐朝诗人张继笔下的枫桥来了。作为清初诗人,王士禛发思古之幽情,纯属人之常情。这里面,有多少的家国之思啊!清朝与唐朝,通过枫桥钟声,拉在了一起,而此间,又寄予了诗人多少的感触!

再接着看看第二首诗:"枫叶萧条水驿空,离居千里怅难同。十年旧约江南梦,独听寒山半夜钟。"经过兵火的枫桥,经过兵火的寒山寺,早已是今非昔比。枫桥是寂寞的,是萧条的,而水边的客店,透露了多少的冷清和寂寥,往来旅客的稀少,反映了此时的枫桥的寂寥和孤独,反映了历经战火之后的寒山寺的萧条。诗人千里迢迢来到苏州,与远方的朋友,有着不一样的惆怅和无奈!十年在江南,诗人的梦想是:独自一人,在寂寞的晚上,独自倾听夜半的钟声,独自享受唐朝张继听到的钟声——而今天,诗人来到苏州,听到的钟声,却是如此不同,心境是这样的状态,不禁感慨万千!

这两首诗歌,既反映了诗人对远方亲人的思念,又写出了世态沧桑之后的万千思绪。感染力较强,情感冲击力较为强大。是两首较为出色的诗歌!但是,如果把这两首诗歌与张继的《枫桥夜泊》相比,气魄和情感抒发空间都明显逊色!

王士祯创立了神韵一派,而以诗的神情韵味为诗的最高境界,他反对重修饰、掉书袋、发议论、无生气的诗,他最爱古澹自然清新蕴藉的情调。他欣赏司空图《诗品》中所标举的"不着一字,尽得风流""采采流水,蓬蓬远春"的意境。他为实践他这种理论,做了大量的诗歌理论实践,成为当时的诗坛盟主!王士祯真正能够实践他的理论,表现神韵的特色的,是他的七言绝诗。但规模过小,又是神韵诗派的缺点。

从以上两首诗歌看来,还是能够比较好地反映诗人着重写性灵的特点,诗歌句子简练蕴藉,富于神韵,同时又富于清新的气息。

日暮东塘正落潮,孤蓬泊处雨潇潇。